1박 2일 마음테마여행

마음을
부탁해

1박2일 마음테마여행

마음을 부탁해

김세유 지음

이너북

글을
시작하며

　나이를 먹어가면서 새삼 느끼는 것은 그저 하늘의 도움과 조
상님의 은덕으로 여기까지 간신히 버티며 살아왔다는 점이다.
하지만 이제부터는 자신의 부단한 노력으로 덕德을 쌓아 올려야
본인의 저승길 노잣돈도 마련할 수 있고, 나아가 후손들에게까
지 복福이 내려갈 수 있다는 현실을 직시하는 지혜가 필요하다.

　이러한 덕과 사랑을 실천하려면 결국 현재의 '마음씀씀이'
를 더욱 확장시키는 것 외에는 달리 방법이 없다. 지금의 간장
종지 같은 마음그릇을 바가지만큼 키우기 위하여 이 책은 '아
우디 자동차'의 엠블럼을 기초로 '마음정화 시스템'을 구축하
였다. 네 개의 원이 서로 연결되어 있듯이 본 책의 1박2일 마음
테마여행도 ①코스(휴게소) → 인생편, ②코스(中學校) → 고난편,
③코스(리조트) → 혁신편, ④코스(연수원) → 수행편 등 4개의 장이
서로 유기적으로 밀접하게 연결되어 있다.

굳이 각 장의 핵심요소를 미리 제시하자면 '평平자와의 만남'
에서 찾을 수 있다.

①코스(휴게소)의 인생편은 '평平탄한 인생이 최고의 인생'

②코스(中학교)의 고난편은 '평平상심을 잃으면 이미 승부는
끝난 것'

③코스(리조트)의 혁신편은 '평平화로운 개인, 가정, 나라 공동
체를 위한 노력'

④코스(연수원)의 수행편은 '평平안한 마음이 최상의 수행'으
로 요약된다.

우연히 프로배구 선수들의 훈련모습을 시청할 기회가 있었
다. 우리의 상식으로는 아침부터 열심히 서브, 리시브, 블로킹,
스파이크 등의 배구 기술을 연마하는 것이지만, 실제로는 오전
내내 '기초 체력훈련(달리기, 턱걸이, 역기 들기, 윗몸 일으키기 등)'을
하고 있었다. 배구는 점심식사를 하고 오후에야 비로소 연습을
실시하였다.

프로선수들이 자신의 종목에 앞서서 '기초 체력훈련'을 연마하는 것처럼, 이 책도 실생활에서의 적응력을 높이는 '기본 마음단련'에 목적을 두고 다양한 기법과 전략들을 동원한 글들로 가득 채워져 있다.

아무쪼록, 본 책이 이런 저런 이유로 마음고생을 하시는 분들에게 읽혀져 나무만 보지 말고 전체의 숲을 파악할 수 있는 '우주적 관점'으로 변환하는 계기가 되기를 바란다.

책을 출간하면서 먼저, 한치의 오차도 없으신 하나님의 섭리에 감사드린다. 아울러 아버지가 안 계신 가운데 기도로 두 자녀를 키우신 어머니와 어린 외손주를 사랑으로 돌봐주신 장모님께 소중함&고마움의 마음을 전해 드린다. 또한, 부족한 원고를 멋진 책으로 탈바꿈시켜 주신 도서출판 이너북의 김청환 사장님, 이선이 편집장님, 김지혜 과장님께도 감사한 마음을 전하고자 한다.

차례

그 마음의 생각이 어떠하면
그 위인도 그러한즉…

잠언 23장 7절

"난 배운 것도 없고,
　가진 거라곤 마음밖에 없어요."

아이가 딸린 젊은 과부 한해진님

"세상을 다 줘도 안 바꿔!
　네 마음과는…"

청년 의사 강지환님(출처_ '굳세어라 금순아' 대사 중 2005년. MBC)

마음

휴게소

:인생편

억울한
누명

수민이는 암만 생각해 봐도 피가 거꾸로 솟고 치가 떨렸다. 직장동료 두 사람이 회식자리에서 싸우길래 선배로서 마땅히 뜯어 말린 것 뿐인데, 두 사람 중 한 명이 뒤로 넘어졌다고 하여 폭행치상죄로 뒤집어 씌우다니… 기가 차서 말문이 막힐 따름이다.

애꿎은 부모님만 합의하러 다니느라, 이만 저만 고생하신 것이 아니었다. 살다가 별의 별일을 겪는다고 하지만, 이건 아니다 싶었다. 몇십 일간의 감옥 생활은 수민이에게 새로운 세계를 경험하게 해주었다. 그나마 집행유예를 선고받고 감옥을 나서는 순간 하늘을 마음껏 바라본다는 것이 얼마나 커다란 행복인지 새삼 실감을 하였다.

집에서 밥만 축내기를 열흘…

신문의 광고하단에 찍힌 마음여행사가 주관하는 '답답한 마음을 풀어 주는 1박2일, 테마여행'이 눈에 쏙 들어왔다.

마음, 왜 갈피를 못 잡고 힘들어하나요?
아무리 혹독한 추위가 몰려와도, 온몸이 따뜻한 노천탕에 담겨
있다면… 아무리 살벌한 세상이 에워싸도, 속마음을 풀어주는
1박2일 테마여행이 있다면…

마음여행사 대표 이영숙

수민이는 뭔가에 홀린 듯이 전화신청을 하였다. 출소 직후,
위로하기 위해 오신 교회 심방 대원 중에서 수민이가 어린 시
절부터 유독 예뻐해 주신 권사님이 손에 쥐어 준 5만 원을 참가
비로 쓰기로 하였다.
1박2일의 테마여행 마음버스가 강남교보빌딩 정류장에 도착하
기까지 30분가량 여유가 있었다. 지하에 있는 강남교보문고를 잠
깐 둘러보기로 마음을 먹었다. 먼저 1층의 엔제리너스에서 아메
리카노를 주문하여 손에 들고 서점으로 내려갔다. 마치 백화점처

럼 다양한 물품들이 전시된 서점의 여러 곳을 탐방하였다. 청소
년 교양 코너로 가서 10대 조카 린에게 선물할 책을 한 권 구입하
였다. 그리고 10시가 될 무렵 버스가 도착하는 장소로 올라왔다.

드디어 버스가 도착하였다. 20대 후반 정도로 보이는 여자
가이드가 자기소개를 하며 종이로 된 일정표를 나누어 주었다.
이름은 '박서연'. 첫눈에도 프로의식이 돋보이는 생기발랄한 아
가씨였다.

일정표(1박2일)

오전 10시　　강남교보빌딩 정류장에서 집합 및 탑승

정오 12시　　1코스, 마음휴게소 도착(관람 및 휴게소장님 특강)

오후 3시　　 2코스, 마음中학교 도착(탐방 및 교장선생님 특강)

오후 6시　　 3코스, 마음리조트 도착(자유 시간 및 리조트회장님 특강)

익일 9시　　 4코스, 마음연수원 도착

　　　　　　　　(연수원장님 특강 및 여행사대표님의 자필편지)

익일 11시　　서울로 출발 및 해산

일단 차에 탑승하여 무조건 눈을 감았다. 어느샌가 잠이 들어 고개로 지휘를 하면서 차가 멈추는 듯한 느낌에 잠을 깨었다. 창밖을 멍하니 내다보는데 느닷없이 눈물이 주르르 나왔다. 눈물이 왜 흐르는지 이유는 모른다. 그냥 속마음에서 울컥하며 흘러 나왔다.

그와 동시에 이상하게도 감옥생활에서 들었던 구수한 입담을 자랑하는 사기꾼 아저씨(보기에는 영락없는 잡범?)의 무용담 시리즈가 불현듯 생각이 났다.

먼저, 초보자도 가장 손쉽게 칠 수 있는 것이 일명 '차비 사기' 수법이란다. 생소한 도시의 백화점 정문 앞에서 벌여야 효과가 제맛이라고 했다. 무엇보다도 타이밍이 중요한데, 약간은 어두컴컴한 저녁 무렵에 해야 귀소본능을 자극하여 동정심을 유발하기에 최적의 시간이란다.

부스스한 옷을 입고 착해 보이는 사람에게 다가가 이 도시에 볼 일을 보러 왔는데, 그만 지갑을 통째로 버스에 두고 내렸다며 우거지상을 하는 것이 '차비사기'의 기본 수법이다.

이 사기의 하이라이트는 역시 '표정연기의 달인'이 되어야 한다는 것이다. 사기꾼 아저씨의 말로는 열 명에게 시도하면 반드시 한 명 정도는 자신에게 1~2만원의 현금을 쥐어 준다고 한다.

다음으로 '예식장 사기'가 제법 쏠쏠하다고 한다. 우리나라는 주말마다 예식장마다 자동차와 사람들로 장사진을 이룬다.

예식이 몰리는 주말의 낮 시간을 이용하여 예식장의 로비에서 누군가를 기다리는 듯한 연기를 한다. 여기에서의 관건은 축의금을 받는 사람(물론 생전 처음 봤겠지만)과 멀리서라도 가끔씩 눈을 마주치는 센스가 중요하단다.

이윽고 예식이 시작되어 양가 부모님이 식장에 입장한 직후, 사람들이 붐비며 줄을 서서 축의금을 내려고 할 타이밍에 부티가 나며 연세가 있는 할머니 뒤로 가 줄을 선단다. 처음 보는 할머니와 오늘 날씨가 어떻느니, 여기 예식장 주차장이 어떻느니 하면서 친근하게 말을 주고받는다.

당연히, 축의금을 받는 사람은 할머니와 본인을 모자지간이라고 착각을 할 수밖에 없다. 이후, 할머니가 사라진 직후에 화장실에서 10분 정도에 숨어 있다가 봉투를 받는 곳으로 가서 "(살인미소를 날리면서)저기, 저희 어머님이 축의금을 너무 적게 넣었다고 다시 가져오래요. 조금 더 넣어서 다시 돌려드리겠다고 하시네요."라는 멘트를 날리면 끝!이란다.

사기꾼 아저씨의 구수한 입담(했던 말들이 사실인지, 그것조차도 사기인지 아직도 모르겠지만)이 있어서 그나마 감옥생활을 조금이나마 견디게 해주었던 것 같았다.

미니버스이지만, 가이드가 마이크를 손에 잡고 안내 사항을 알려주었다.

"지금 시간이 12시입니다. 여러분이 도착한 곳은 '마음휴게소'입니다. 차는 2시에 출발을 하니, 그 안에 식사와 탐방을 모두 해결하기를 바랍니다. 참고로 12시30분부터 휴게소 푸드코트에서는 '삶과 죽음은 한통속!'이라는 주제로 강연이 열린다고 하니, 많은 참관바랍니다."

마음화장실 : 풀이편

일단, 무조건 화장실로 가서 급한 볼 일을 해결하였다. 신기한 것은 화장실의 여러 곳에는 보통 명언들이 보이는데, 여기는 다음과 같은 낱말풀이들이 보였다.

메모를 하려고 호주머니를 뒤져 보니, 아까 마셨던 커피 영수증이 나왔다. 영수증의 뒷면에 볼펜으로 다음과 같이 10개의 풀이를 적었다.

마음풀이1   마음 놓고 소리 내어 울 수도 없는 **현실**

마음풀이2   몸이 아프면, 치료보다 가족생계가 더 걱정인 **서글픔**

마음풀이3   무너진 과거를 일으켜 세우라고 존재하는 **오늘**

마음풀이4   할 말과 하지 말아야 할 말을 가릴 줄 아는 **인격人格**

마음풀이5   어떤 경우에도 '호박'이 '수박'이 될 수 없는 **불가능**

마음풀이6   뜬구름, 지나고 보면 아무것도 아닌 **감정**

마음풀이7   넘어지는 곳에서 매번 넘어지는 **한계**

마음주차장 : 코디편

화장실에 붙어 있는 낱말풀이들을 보니, 마음이 착잡해지고 괜히 씁쓸했다. 아직 잠이 덜 깬 것 같았지만 화장실 거울을 들여다보면서 다짐을 하였다.

'비록 1박2일의 짧은 여행이지만, 마음을 다지는 재충전의 기회로 삼자! 그래!! 힘내고 다시 시작하는 거야!!!'

화장실에서 밖으로 나오니 비로소 휴게소의 드넓은 주차장이 보였다. 주차장에서 휴게소로 올라서는 곳에 뭔가가 적혀 있는 5개의 크고 작은 동판이 보였다. 이번에는 내용이 많아서 메모보다는 아예 휴대폰 사진으로 촬영을 하였다. 사진을 손가락으로 확대하여 보니 아래의 내용들이 빼곡하게 적혀 있었다.

마음코디1 : 인생

· 돌이킬 수 없는…

· 다시 시작할 수 있는…

· 끝까지 끝을 알 수 없는…

· 이런 일도 있고, 저런 사람도 있고…

· 하고 싶은 것만 하면서 살 수 없는…

· 전혀 예기치 않은 방향으로 흘러가는…

· 영혼이 떠나가면 그저 한줌의 재만 남는…

· 위만 보고 가다가 밑의 돌부리에 넘어지는…

· 죽어도 여한이 없는 한 날을 위해 존재하는…

· 철썩같이 믿었던 것들이 하나둘씩 떠나가는…

· 마음을 어디에 두고 사느냐에 따라서 판가름나는…

· 모으고 쌓는 것은 한평생, 흩어지고 날아가는 것은 한순간…

· 얻는 것이 있으면 잃는 것이 있고, 잃는 것이 있으면 얻는 것
  이 있는…

마음코디 2 : 인생 2

10대 자신의 마음을 알아주는 사람(친구)에게 이끌리는…

키워드 쿠키런, 세월호 참사, 엑소, B1A4, 학원, 생일파티, 메르스 휴교 등

20대 첫째도 일자리, 둘째도 일자리, 셋째도 일자리, 그만큼 절박한…

키워드 알바, 편의점, 빅뱅, 웹툰 미생, 노량진 학원, 아메리카노 등

30대 각박한 살얼음판 세상을 보면서 현실사회에 눈을 뜨는…

키워드 아이러브스쿨, 칵테일 사랑♬, 개그콘서트, 응답하라1994, 건축학개론 등

40대 그 어느 시기보다도 마음이 통하는 친구가 절실한…

키워드 밴드, 영화 '써니', 하늘에 조각구름 떠 있고♬, 알뜨랑 비누, 회수권 등

50대 '건강검진' 이야기만 나오면 가슴이 덜컥 내려앉는…

키워드 유리겔라 초능력, 레옹&마틸다, 마징가제트, 캔디, 하이타이 세제 등

60대 '자생자사子生子死', 오로지 자식 걱정에 손주까지 도맡아 길러 주는…

키워드 만년필, 국민교육헌장, 동백아가씨, 저 푸른 초원 위에♬, 미원조미료 등

70대 삶에 대한 애환과 애착이 더욱 깊어지는…

> **키워드** 1.4후퇴, 미군 초콜릿, 드라마 '여로', 대한뉘우스, 무하마드 알리 등

80대 마음만은 '이팔청춘二八青春'인…

> **키워드** 보릿고개, 5일장, 아랫목, 빨래터, 일본순사, 자유당, 김구 선생님 등

마음코디3 : 패키지 인생

1코스 지겹다 못해서 지긋지긋한 가난에 쩔어서, 생존을 위하여 '아등바등'하면서 평생을 살아간다.

2코스 간신히 중산층에 턱걸이 하였던 안도감도 잠시, 뒤처지지 않기 위해 '허겁지겁' 쫓기며 평생을 살아간다.

3코스 안으로는 곪아 터지기 직전이지만, 밖으로는 남에게 잘 보이기 위하여 이중적인 태도를 유지하며 '부담백배'의 평생을 살아간다.

코스별 공통점 면도날, 커터칼날로 베이는 듯한 '쓰라린 아픔' 몇 가지를 덤으로 가슴에 안고 누구나 '터벅터벅' 평생을 살아간다.

마음코디 4 : 세대초월

· 30대가 20대에게 말을 합니다. "내가 10년만 젊었어도…"
· 40대가 30대에게 말을 합니다. "내가 10년만 젊었어도…"
· 50대가 40대에게 말을 합니다. "내가 10년만 젊었어도…"
· 60대가 50대에게 말을 합니다. "내가 10년만 젊었어도…"
· 70대가 60대에게 말을 합니다. "내가 10년만 젊었어도…"
· 80대가 70대에게 말을 합니다. "내가 10년만 젊었어도…"

마음코디 5 : 인생어록

(이라크와의 호주 아시안컵 준결승전에서 한국이 먼저 2골을 넣자)

"이제는 추가골보다 우리가 골을 안 먹는 것이 더 중요합니다!"

이영표 KBS 축구 해설위원님(2015. 1. 26.)

마음안내소 : SOS편

휴게소의 앞쪽 중앙에는 종합안내소의 부스가 있었다. 일반
휴게소였다면, 여러 안내방송이 흘러나왔겠지만, 마음휴게소의
안내소에는 번호표를 뽑아 들고 여러 상담자들이 대기하며 앉아
있었다. 조급한 마음에 번호표를 뽑고 기다렸다가 호명되는 곳
으로 갔다. 50세 전후의 남자분이 앉아 있었다. 곁눈질로 책상의
명패를 훑어보니 '마음매니저'라고 되어 있었다. 속사포같이 다
음의 10개 질문을 두서없이 쏟아내었다. 마음매니저님 역시 프
로라 조금의 막힘도 없이 아래와 같이 답변을 술술 해주셨다.

마음SOS 각박한 세상에서 감정까지 메말라 가는 것 같아서 안타까워요.
윤혁민 님 작사, 최창권 님 작곡의 '꽃동네 새동네'라는 노래를
나지막하게 불러보세요. 추억의 감회가 약간은 살아날 것입니
다. 가사는 다음과 같습니다. '뜰아래 반짝이는 햇살같이 창가에
속삭이는 별빛같이, 아름다운 마음들이 모여 삽니다~ 오손도손

속삭이며 살아갑니다 ♬ 비바람이 불어도 꽃은 피듯이 어려움 속에서도 꿈은 있지요~ 웃음이 번져 가는 꽃동네 새동네~ 행복이 번져 가는 꽃동네 새동네 ♬' 메마른 감정에는 그저 추억의 노래가 딱이지요. 흘러간 팝송도 좋고요~

마음SOS 새까만 후배에게 망신을 당해서 속이 부글부글 끓어요.

토닥토닥, 먼저 위로를 보냅니다. 피가 거꾸로 솟는 그 심정을 안 겪어 본 사람은 알 수가 없겠지요? 하지만, 감정의 격랑 속에 있는 자신은 '본질적 자아'가 아니고, '일시적 자아'랍니다. 역에 비유하자면, 그저 스쳐지나가는 간이역일 뿐이고, 서류에 비유하자면, 원본이 아니라 복사본에 불과하답니다. 지금은 감정의 포로가 된 '임시 자아'에 속아서 평상심을 잃고 방황하는 자신을 올바르게 세워서 '진짜 자아'를 찾는 것이 급선무입니다. 과거와 다른 사람은 바꿀 수 없지만, 미래와 자기 자신은 얼마든지 바꿀 수 있답니다.

마음SOS 하루 하루를 멋지게, 의미 있게 살고 싶어요.

멋지게 살고 싶다면, 지금 여기에 왜 자신이 존재하는지를 명확하게 알아야 합니다. 또한 의미 있게 살고 싶다면, 상대방 앞에서 혈기부리고, 뒤에서 비난하는 지금의 삶을 깨끗하게 청산해야 합니다. 이미 지은 죄와 악업이 하늘을 찌를 듯이 기세가 등등하답니다. 이제부터라도 '트러블 메이커'를 퇴출시키고, '피스 메이커'의 삶을 살아가십시오. 아무리 위대한 깨달음도 작은 실천만 못한 것이 세상의 이치랍니다.

마음SOS 음란한 마음을 절제하고 싶은데, 생각처럼 잘 되지 않아요.

자칭 '마음매니저'인 저 역시 그렇답니다. 하하하~ 우리가 육체를 가진 이상, 음란에 대항할 수 없습니다. 마치 태양을 마주보면서 눈싸움을 하는 것과 같이 부질없는 것입니다. 다만, 음란에 피하기 위한 전략으로는 첫째로, '애당초' 그 장소에 가지 않는 것이 중요합니다. 둘째는 음란한 장소에 있다면 뒤도 돌아보지 말고 '줄행랑'을 치는 것이 좋습니다. 마지막으로 음란에 대한 특효약은 '금식'입니다. 음란한 마음도 배가 부르고 먹고 살 만해야 찾아오는 것이기 때문입니다. 이 세 가지 전략을 잘 활용해서 음란을 지혜롭게 피해가기를 바랍니다. 건전한 만큼 가족에게 당당할 수 있답니다!

마음SOS 매사에 욕심을 내는 마음을 자제하기가 어려워요.

찰흙을 손으로 움켜쥐는 상상을 해보세요. 적당히 움켜쥐면 내 손 안에 들어오지만, 너무 세게 힘을 주면 손가락 사이로 찰흙들이 삐져나올 것입니다. 적당한 욕심은 성장에 도움이 되지만, 과도한 욕심은 다양한 변수들이 삐져나와서 결국 뒤끝이 좋지 못하답니다.

마음SOS 매사에 극도의 신경쇠약에 걸릴 지경이며 일에 대한 과도한 스트레스로 힘들어요.

건강을 위하여 더 먹고 싶은 마음을 뒤로 하고 숟가락을 내려놓아 과식을 피하는 것처럼, 성공을 위하여 더 일하고 싶은 꿀떡같은 마음을 잠시 내려놓은 것이 좋습니다. 완성에 대한 조급한 마음을 피하기 위하여 적당한 할당량을 정하고 그 일이 끝나면 재충전 시간으로 전환하십시오. 지금은 '2보 전진을 위한 1보 후퇴'의 전략이 필요하답니다.

마음SOS 매사에 초조하고 불안한 마음으로 하루하루를 살아가고 있어요.

'올바른 길'을 가고 있다는 확신을 가지면 됩니다. 확신은 우리의 인생에 버틸 수 있는 힘을 제공한답니다. 확신이 능력이랍니다.

마음SOS 너무 힘들어 주저앉고 싶고, 당장 때려치우고 싶은 마음이 굴뚝같아요.

반문 : 때려치운다고요? 누구 좋으라고요? 이미 반환점을 돌았고, 조금만 더 견디면, 고지가 눈앞에 나타날 것입니다. 지금까지 잘 버티신 것처럼, 조금만 더 열심히 하시다 보면, 엄청 좋은 일이 일어날 것입니다. 지금 필요한 것은 우두커니 주저앉아 있는 것보다, 벌떡 일어나 행동으로 옮기는 '기립정신'이랍니다.

속에서 화가 치밀 때마다, '이 일은 운명적 필요에 의해서 나에게 왔고, 그 인간?은 자신의 역할에 충실한 것뿐이다'라고 간주하세요. 고난은 그저 독자님의 '인격성장을 위한 도구'에 지나지 않는답니다.

마음SOS 그 일만 생각하면, 분노가 치밀어 견딜 수가 없어요.

왜 아니겠어요? 살다 보면 피가 거꾸로 솟으며 미치고 팔딱 뛸 일과 마주 대하게 됩니다. 하지만, 그 일 자체가 최악의 상황은 아니랍니다. 최악의 상황은 그 일로 인하여 자신이 고통을 받으며, 건강과 인생을 해치고, 주변의 소중한 가족들에게 화풀이를 함으로써 씻을 수 없는 상처를 주는 것이랍니다. 과거는 '이미 엎질러진 물', '지나간 버스'입니다. 얽매이지 말고 그대로 흘려보내세요. 과거에 사로잡히는 것은 실체가 없는 감정의 노예로 사는 것과 다름없습니다. 재충전을 위하여 기분전환하는 계기를 가지고 새롭게 출발하기를 바랍니다. 왜냐하면, 앞으로 살아갈 날이 훨씬 더 소중하기 때문입니다.

마음SOS **왜 이리 세상이 불공평할까요?**

가까이에서 현미경으로 보면 이보다 불공평할 수 없지만, 멀리
서 망원경으로 보면 이보다 공평할 수 없답니다. 또한 불공평하
다고 느끼는 것 자체가 인간의 단편적 시각일 뿐입니다. 굳이 천
기누설을 하자면, 이승이 전반전&예선전이라면, 저승은 후반
전&결승전이랍니다. 재깍재깍 한 치의 흐트러짐도 없이 흘러가
는 것이 세상의 이치요, 하늘의 섭리랍니다.

마음푸드코트 : 특강1편

삶과 죽음은 한통속!

조급한 마음… 상담이 끝나자마자, 특강을 한다고 가이드가 알려준 것이 떠올랐기 때문이다. 마이크 소리가 나는 곳으로 빠른 걸음으로 가 보니, 휴게소 푸드코트에서 식사를 하는 사람들에게 강사님이 자신을 소개하고 있었다. 얼른 주문하는 곳으로 가서 7천 원짜리 순두부찌개를 시켰다. 이윽고 주문번호가 호명되자 쟁반에 음식을 담아 강사님과 가까운 곳에 자리를 잡았다.

아래는 강사님이 강연하신 것을 휴대폰의 녹음기능을 이용하여 녹취한 강연실황이다.

자, 여러분! 공사가 다망하지만, 우리 마음휴게소에 오신 것을 환영합니다. 저는 작년에 한평생 근무했던 교직을 은퇴하고 올해 마음휴게소의 소장으로 부임한 김생훈이라고 합니다. 아무쪼록 제 부족한 특강에 많은 성원을 부탁드립니다.(박수 짝짝짝짝)

　도대체 삶과 죽음이란 무엇이라고 생각하시나요? 역시 대답
이 없으시네요(일동 웃음) 그렇다면, 평소 생각을 몇 가지 말씀드
리고자 합니다.

　먼저, 제가 생각하기에 '삶은 벤츠다'라고 생각합니다. 참고
로 제가 타는 차가 벤츠는 아닙니다.(일동 웃음) 벤츠 차의 엠블
럼을 보면 원 하나가 세 개로 정확히 나뉘어 있습니다.
　우리도 '삶'이라는 거대한 원 안에 ①영적(종교, 정신, 마음 등)인
부문, ②육체적(생존, 건강, 경제생활 등)인 부문, ③인간관계(가족, 친
척, 이웃 등) 부문이 고르게 분포되어 있습니다. 이 세 가지 요소
가 서로 조화롭게 선순환을 이룬다면 가장 행복하고 완벽한 삶
이라고 불러도 손색이 없겠지요.
　그러면 지금부터 고추장단지를 열고 새끼손가락으로 맛을
보는 것처럼, 본격적으로 삶과 인생 그리고 죽음에 대하여 차
근차근 알아보는 공부를 시작하도록 하겠습니다. 더 쉽게 와
닿을 수 있도록 '삶'을 '인생'으로 바꿔서 설명하겠습니다. 왜

냐하면, '삶'에 대하여 말씀드리니까 지난 번 강연에 어떤 사람
이 자꾸 '삶은 계란이다'가 먼저 떠오른다고 항의를 하더라고
요.(일동 웃음)

첫째로, 인생은 '만만치가 않는 것'입니다. 제 가정 이야기를
해서 죄송하지만, 젊은 시절에 와이프가 아이를 임신하고 출산
할 즈음에 태어난 후의 아기 이름 수십 개를 다이어리에 미리
기록하였습니다. 막상 태어나서 이름을 지었는데 미리 지어놓
았던 수십 개의 이름 중의 하나가 아니고 전혀 예상 못한 다른
이름을 짓게 되었습니다.

인생이 만만치 않은 이유는 바로 계획된 방향으로 흘러가지
않는 것에 있습니다. '변수'라는 것이 생겨서 예정된 수순을 가
로막기도 하고, 물꼬를 다른 쪽으로 틀기도 하는 것이 바로 인
생이랍니다. 여기 계신 어머님들께서도 학창시절에 꿈꾸고 기
대했던 미래의 모습과는 전혀 다른 현재의 삶을 살고 계신 분
들이 대부분일 것입니다.

  혹독하게 추운 겨울에는 얼른 따뜻한 봄이 오기만을 바라지만, 막상 봄이 돌아오면 겨울잠에서 깬 뱀이 온갖 숲을 돌아다니며 우리를 위협합니다. 추위와는 또 다른 형태의 고난, 고통과 마주대하는 것이지요.

  이렇듯이, 나중을 장담할 수 없기에 '인생이란 만만한 것이 아닙니다'. 〈이제 살 만하다, 두 다리 뻗고 이제 살 수 있겠군!〉 방심하는 순간에, 건강에 문제가 생기든지, 멀쩡하던 배우자가 바람을 피운다든지, 착실하게 자라던 자녀의 학교 담임선생님으로부터 전화가 온다든지 하는 일로 어디서 둑이 터지듯이 뭔가 엄청난 쓰나미가 몰려오는 것이 바로 인생이랍니다. 그래서 언제나 '방심은 금물'이지요.

  두 번째로 인생은 '모르는 것'입니다. 고난이 축복의 통로가 되고, 성공이 저주의 서곡이 되는 것에 걸리는 순간은 말 그대로 '한순간'입니다! 즉, 약이 독이 되고. 독이 약이 되는 경우가 한순간입니다.

퇴직을 몇 년 앞두고의 일입니다. 학교에서의 제 업무는 '독서교육'이었습니다. 겨울방학을 일주일 앞둔 어느 날, 교감선생님께서 난데없이 독서캠프를 계획하여 추진하라고 말씀하셨습니다. 나이도 먹을 만큼 먹고, 내심 평안하게 지내고자 했던 저에게 마음속으로는 전혀 예상을 못하였던 터라 상당히 당황스러웠습니다. 이런 저런 핑계를 대며 어려울 것 같다고 말씀 드리고 싶었지만, 변명할 그 시간에 얼른 추진하자고 다짐하며 서둘러 안내장을 만들어 보냈는데, 다행히 20명의 학생이 지원을 하였습니다. 처음으로 시도된 3일간의 독서캠프가 좋다고 입소문이 나서 그 다음 방학에는 여름휴가철과 겹침에도 불구하고, 전교생 800명 중 무려 200명 가까이 신청하여 교육지원청에서 칭찬도 받고 교육장님 표창장까지 받았습니다. 장사로 치면 대박을 터뜨린 것이지요.

반면에, 고위 공직자로 발탁이 되는 순간 그동안의 행적이 낱낱이 공개되어 수치를 당하고 낙마하는 경우가 비일비재한 것을 볼 때, 성공이 저주의 서곡이 되는 것도 한 순간입니다.

그렇다고 쯧쯧 하며 불쌍하다고 혀를 차지 마세요. 언제 입장이 바뀔지 아무도 모른답니다. 양지가 음지 되고 음지가 양지되는 것이 세상의 이치이거든요. 사람은 내일 일을 모르는 것입니다. 성서의 말씀에도 이런 말씀이 있답니다.

너는 내일 일을 자랑하지 말라 하루 동안에 무슨 일이 날는지 네가 알 수 없음이니라.

잠언 27장 1절

세 번째로는 '인생이란 얻는 것이 있으면, 잃는 것이 있는 것'입니다. 지금은 개인의 사생활 보호차원에서 일기검사를 지양하도록 사회분위기가 조성되어서 실제로 일기를 검사하기가 어려운 실정입니다. 특히, 제가 담임했던 6학년 아이들은 일기검사의 '일'자만 꺼내도 심한 거부감을 보이며 드러내놓고 반박을 합니다.

오래 전, 일기검사를 하던 중에 5학년 남학생의 일기장에서 이런 글이 발견되었습니다.

"저녁을 먹고 잠을 자다가 소변이 마려워 거실로 나왔다. 화장실로 가려는데, 안방에서 싸우는 소리가 들렸다. 나도 모르게 안방 문을 열어 보고 깜짝 놀랐다. 아빠가 엄마를 때리고 있었다. 엄마는 맞으면서도 나를 향하여 '얼른 방문 닫고 네 방으로 가!'라고 소리를 쳤다. 나는 화장실 가는 것도 잊은 채 무서워서 얼른 내방으로 와서 방문을 잠갔다."

속으로 아빠를 찾아가서 때려주고 싶을 정도로 혈기가 올라왔지만, 꾹 참고, 혹시라도 아이에게 이 일로 인하여 '트라우마'가 생기지 않도록 기도하고 또 기도하였습니다. 아울러 틈틈이 그 아이에게 따뜻한 말을 자주 걸었으며 때로는 안아주기도 하였습니다. 다행히 아이는 5, 6학년을 잘 마치고 중학교로 입학하여 가슴을 쓸어내린 적이 있었습니다.

이처럼 일기검사를 하는 것(가정 환경 등을 파악)과 안 하는 것(사생활 보호) 모두 얻어지는 것과 잃는 것이 존재하듯이, 사람마다 장점과 단점이 함께 있듯이, 인생에도 역시 얻어지는 것과 잃는 것이 공존하는 것입니다. 완벽하게 얻는다거나, 잃는 것은 아예 존재하지 않거나 있는 경우에도 거의 드물겠지요.

　네 번째로는 '인생이란 원래 그런 것'입니다. 유명한 스타 연예인들을 인터뷰하는 방송을 보면, "친구가 오디션 보는데, 같이 가자고 해서 무심코 따라왔다가, 캐스팅이 되었어요."라고 대답하는 경우가 많습니다. 그러한 장면을 보면서 상상을 해봅니다. 오디션을 위하여 최소한 몇 개월간 준비했을 원래의 그 친구는 도대체 지금 어딨냐고요?

　몇 년 전부터 손꼽아 기다려온 아파트 분양이 드디어 시작되었습니다. 몇 개월 전부터 주말을 이용하여 그 아파트 분양회사가 주최하는 사업설명회 열심히 다니고, 모델하우스 개관 후에는 자주 방문하여 필요한 정보를 많이 얻어서 거의 전문가 수준이 되었습니다.

　그런데, 청약 당일에 산책길에서 만난 친구가 "(지나가는 말투로)몇 평 넣으면 좋을까?"라고 물어보더라구요. 그래서 "아~ 이 아파트에 관심이 있었어? 몰랐네. 몇 평이 인기가 좋다고 하더라."라고 답변을 해주었습니다. 결과는 다 아시겠지요? 오랜 시간을 학수고대해 온 저는 떨어지고(예비 당첨마저 탈락^^;), 무심(제 생각에는)하게 청약 신청한 친구는 로얄동 로얄층에 당첨이 되었습니다.

원래 인생이 그런 것이랍니다. 거기에서 혈기내고 누구를 원망, 불평할 이유가 없습니다. 친구가 당첨된 것은 그 친구의 복이니까 당첨이 된 것이랍니다. 집착하면 오히려 멀어지고, '에라 모르겠다 될 대로 돼라.'하고 마음 편히 살면 오히려 원하는 것이 이루어질 수도 있는 것이 인생의 이치랍니다. 왜냐하면, 인생은 '원래 그런 것'이기 때문입니다.

다섯 번째로 '인생은 이것, 저것, 그것'입니다. 먼저, '이것'은 현재 가지고 있는 것, 자신이 처한 상황 등을 가리킵니다. 흔히 도통道通한 경지는 바로 '이것'에 대하여 감지덕지하며 만족하며 사는 것이라고 생각됩니다.

"저에게는 지금의 이 자리 자체가 감지덕지感之德之랍니다. 더 이상 행복할 수가 없답니다."

행복의 비결은 제가 현재 가지고 있는 '이것'에 대하여 '감지 덕지'하며 사는 것입니다.

그 다음으로는 '저것'이 있습니다. '저것'은 5년 정도 열심히 노력하면 이룰 수 있는 것, 실현 가능한 목표, 적당한 성공 등을 가리킵니다. 인생을 살면서 참 부담없는 말은 '적당한~'이라는 말입니다. 안성맞춤의 적당한 위치, 적당한 가격, 적당한 인생의 희노애락喜怒哀樂 등이 좋답니다. 주상복합이나 아파트의 꼭대기층에서 내려다보는 맛도 일품이겠지만, 적당히 높은 곳에서 사는 층을 바로 로얄층이라고 합니다.

등산도 마찬가지입니다. 정상에서 "야호~"하는 것만이 등산의 맛이 아니라, 중간 정도의 쉼터에서 약수터의 물을 마시며 주변 사람들과 "하하하~, 호호호~" 대화하는 것도 등산의 기쁨인 것과 같은 이치입니다.

자녀를 교육할 때도, 무조건 일류대학교만 목표로 할 것이 아니라, 지금의 성적에서 열심히 노력하면 갈 수 있는 가능한 대학과 학과를 제시하는 것이 자녀의 심적 부담을 덜어주어 오히려 기대이상의 좋은 결과를 가져올 수 있습니다. 아하! 대학 입시 말씀을 드리니까, 꾸벅 조시던 분들이 고개를 바짝 드시네요~. 역시, 피해갈 수 없는 우리의 운명인가 봅니다.

우리 인생의 활력과 성장을 위해서는 성실하고 최선을 다하여 노력하면 달성할 수 있는 '저것' 역시도 반드시 필요합니다. 어떤 의미에서 '저것'은 '꿈과 희망'이라고도 표현할 수 있겠지요.

마지막으로 원래 내 것이 아니고, 나에게는 주어지지 아니한 '그것'이 있습니다. 그것은 처음부터 자신의 몫이 아니라, 다른 사람의 몫으로 책정되어 있는 것입니다. 그것을 다른 말로 설명하면, 지나친 욕심, 탐욕, 과욕 등으로 나타낼 수 있습니다.

KBS의 '현장르포 동행'이라는 방송에서 보면 사업이 잘되어 여기 곳에서 부채를 끌어다가 확장한 후에, 불경기를 맞고 길거리에 나앉는 경우의 상황이 많이 방송됩니다.

주택복권 1등 당첨금이 1억이었던 어린 시절에, 이웃 동네의 종교인 분이 1등에 당첨이 되었습니다. 그 후에 본연의 종교활동을 등한시 하고 여기 저기 놀러 다니시다가 결국 교통사고로 돌아가셨다는 후일담을 들었던 적이 있습니다. 내 것이 아닌 '그것'에 욕심을 낼 필요가 없습니다. 결국 파멸을 맞이하기 때문입니다.

혹시라도, 일확천금(로또 당첨 등)의 '그것'이 갑자기 내 곁으로 왔다면 일부분은 도움이 절실한 이웃과 주변에 흘려보낼 각오를 해야 합니다. 그럼으로써, 인생의 도처에 널려 있는 함정에 빠지는 우를 범하지 않습니다. 성서에도 찾아온 부자청년에게 예수님께서 단도직입적으로 말씀하시는 장면이 나옵니다.

가서 네 있는 것을 다 팔아 가난한 자들을 주라. 그리하면 하늘에서 보화가 네게 있으리라. 그리고 와서 나를 좇으라.

마가복음 10장 2절

그것이 왔을 경우, 혼자서 독차지하면 어떤 현상이 생길까요? 그동안 멀쩡하게 누려 왔던 '이것'에서 문제가 생깁니다.

예기치 못한 가족의 어려움이나 자신의 건강문제 등이 곧바로 돌출되어 거기에 넘어져 코피를 흘리는 것이 바로 인생입니다. 드넓은 바다조차 육지라는 한계에 봉착해 있습니다. 태산 역시 하늘아래 존재하는 것입니다.

특히, 우리나라의 현재 상황에서는 누구라도 '절제의 미덕'이 가장 급선무입니다. 왜냐하면, 절제한 만큼 인생의 짐이 가벼워지기 때문이랍니다. 소박하고 소탈하게 사는 인생이 참 좋은 인생이랍니다. 내 것이 아닌 호사를 누리려다가 가랑이가 찢어질 수 있답니다.

다시 한 번 말씀드립니다. '그것'에 욕심내지 마세요. 내 몫이 아니랍니다. 욕심은 파멸의 지름길이랍니다. 이것에 감사하고, 저것을 꿈꾸며, 그것을 절제하는 삶이 지혜로운 인생을 사는 것이랍니다.

여러분이 눈을 초롱초롱하며 집중하여 잘 들으시기 때문에, 휴게소장의 직권으로 우리 휴게소에서 자랑하는 '맥반석 오징어'를 테이블마다 한 마리씩 후식으로 쏘겠습니다. 옆의 분들과 맛있게 드시면서 제 말을 경청해 주시면 감사하겠습니다.(일동 박수 짝짝짝짝~) 제 강연에는 박수가 잘 안나오는데, 오징어에는 엄청난 호응이 있네요. 역시 여행길에는 먹거리가 풍성해야 최고의 여행이지요.

다음으로는 '삶'과 한통속인 '죽음'에 대하여 말씀드리고자 합니다. 어떤 분들은 뜬금없는 주제라고 생각하겠지만, 우리는 모두 오늘 하루도 자신의 죽음을 향하여 한 걸음 더 가까이 다가갔다고 생각하면 틀림없답니다.

인생을 살면서 숱한 죽음을 목도하며 언젠가는 우리도 생을 마감해야 합니다. 우리는 '죽음'을 생각하면 제일 먼저 남겨진 가족 걱정부터 합니다. 그래서 우리 부모님들은 유산도 조금이나마 남겨주기 위하여 여러 가지 보험도 가입합니다.

하지만, 우리가 어떻게 해서든지 살아왔듯이, 남겨진 가족도 어떤 식으로든지 살아나갈 것입니다. '죽음'에 있어서 가장 중요한 변수는 남겨진 가족이 아니라, 육체를 떠난 우리 영혼(마음)이 맞이하게 될 영적세계입니다!

이제부터는 자신이 사후에 마주 대해야 하는 영적세계를 대비하고 염두하며 세상을 살아가야 허투루 허송세월하지 않을 수 있습니다.

먼저, '죽음의 실상'에 대하여 살펴보고자 합니다. 청와대나 백악관의 환경이 '넘버원'인 것은 대통령님이 거주하기 때문인 것처럼, 우리의 육체가 소중한 것은 '불멸의 영혼'이 깃들어 있기 때문입니다. 하지만, 영혼이 떠나간 순간 유통기간이 지난 우유가 부패하듯이 육체는 한낱 '썩어가는 고깃덩어리'에 불과합니다. 그것이 육체의 운명입니다. 마치, 아무리 고급뷔페에서 식사를 하더라도, 식후에 나오는 음식물 쓰레기는 냄새 나며 추한 것과 같은 이치입니다.

과도한 육신에 대한 집착은 사후 영적세계에서는 전혀 유익이 되지 못합니다.

제가 생각하는 죽음은 '이미 제출한 시험지'입니다.

은퇴 전 학교의 기말시험에서 2교시 시험지를 제출하고 쉬는 시간이 되었는데, 이미 제출한 2교시 시험지에 연연하여 안절부절 못하는 학생이 있었습니다. 그런 학생들에게 담임교사인 저는 다음과 같이 꾸중을 합니다.

"네가 지금 하고 있는 행동은 지혜롭지 못하단다. 이미 제출한 시험지는 채점을 하는 선생님(하늘)의 몫이란다. 얼른 잊어버리고, 걱정할 그 시간에 3교시 시험공부를 조금이라도 더 하는 것이 지혜롭게 시험에 대비하는 것이란다."

그렇습니다. 죽음은 우리도 어찌할 수 없는 돌아오지 못하는 다리를 건너는 것입니다. 우리의 몫이 아니고 그저 하늘의 몫이지요. '인명人命은 재천在天이다'라는 말처럼 불변의 진리는 없습니다.

여기까지는 너무 일반적인 이야기지요? 지금부터는 죽음에 대하여 약간 깊이 들어가 보겠습니다.

두 번째로 제가 생각하는 죽음은 '전혀 다른 새로운 차원으로의 진입'입니다.

저는 교직에 근무할 때 모 초등학교에서 5년간 생활을 하였습니다. 특히 그 학교의 마지막 해에는 1학년 담임교사를 하였습니다. 그러다가 다음 해 3월 1일자로 발령을 받아 새로운 학교에 전입하여 3학년 담임교사를 맡게 되었습니다.

그런데, 지난 2월의 마지막 종업식날에 자세하게 안내를 했음에도 불구하고 등교하는 3월 첫날에 예전의 1학년 모 초등학교 학부모님들이 '첫날 어디로 가야 하나? 무엇을 준비해 가야 하나?'라고 문의를 해 옵니다. 마음 같아서는 떠나온 그 학교에 가서 친절하게 안내하며 돌봐주고 싶지만 그렇게 할 수가 없습니다. 왜냐하면 저의 앞에는 전혀 다른 학교의 전혀 다른 3학년 학생들이 눈앞에 맡겨져 있기 때문입니다. 도저히 신경 쓸 여력이 없습니다. 새로운 세계에서 또 다른 일을 마주하고 있기 때문입니다.

죽음 역시 마찬가지입니다. 우리 역시 죽는 순간에 발령을 받아 다른 학교로 가는 것처럼, 영혼이 육신을 떠나서 전혀 새로운 세계로 진입할 것입니다. 육신을 떠난 영혼은 다시 육신으로 되돌아갈 수가 없습니다. 마치, 초등학교를 졸업하면 아무리 그리움이 사무쳐도 중학교에 진학하는 것처럼, 영적인 세계에서 또 다른 차원의 삶이 우리를 기다리고 있기 때문입니다.

제가 예전 1학년의 모 초등학교로 다시 되돌아가려면, 3학년의 담임을 맡게 된 학교에서 최소한 2년 이상을 근무하고, 정식으로 발령을 받아야 갈 수가 있습니다. 하지만 2년 뒤에 그 아이들은 이미 다른 학년, 다른 학급으로 뿔뿔이 흩어져 각자의 삶을 살아가고 있을 것입니다. 그동안 몇 명은 이미 다른 학교로 전학을 갈 수도 있습니다.

또한, 영적 세계로 우리의 영혼를 안내할 누군가가 마중을 나올 것입니다.

아마도 선한 일을 많이 쌓은 사람은 하늘의 천사가 나올 것
이고, 보통 평범한 사람들에게는 조상님이 오실 수도 있습니다.
또한 살아 생전에 악한 일을 많이 저지른 사람에게는 검은 옷
을 입은 저승사자가 딱~ 버티고 있을지도 모릅니다.

세 번째로 죽음에 대하여는 '예행연습'이 필요합니다. '예행
연습? 우리보고 죽는 연습을 하라고?' 하면서 소스라치게 놀라
실 것입니다. 걱정 하나도 안 해도 됩니다. 여기서 말하는 죽음
의 예행연습은 바로 우리가 밤마다 자는 잠이나 꿈을 가리킵니
다. 스릴과 서스펜스를 기대했는데, 너무 싱겁지요?

잠 자는 아이의 모습을 보세요. 지상에 내려오기 전의 천사
의 영혼 그대로 아닌가요? 잠을 자는 어른도 보세요. 부함과 가
난함을 떠나서 그 안에는 미움도, 다툼도, 욕심도, 시기심도, 조
급함도 존재하지 않습니다. 오로지 정적인 고요함만이 흐를 뿐
입니다.

꿈도 마찬가지입니다. 제가 생각하기에 꿈을 꾼다는 것은 육

체속의 영혼이 어디론가 출장을 가는 것입니다. 죽음과 다른 점이 있다면 꿈에서 출장을 나간 영혼은 다시 육체 속으로 원대복귀하는 것이지요.

아울러, 말씀 드리고 싶은 것은 현실처럼 생생하게 꿈을 꾸었다면, 어디에 메모를 해놓은 것이 좋습니다. 왜냐하면 실제의 삶에 어떤 시사점을 줄 수도 있기 때문입니다.

여기에서 유의해야 할 점이 있습니다. 우리가 예상한 대로 꿈이 흘러가지 않듯이, 죽음 이후에 우리가 맞이할 상황도 우리가 예상하지 못한 방향으로 흘러갈 수 있다는 점입니다.

꿈에서 예기치 않게 조상님을 만나든지, 어떤 동물을 만날 수는 있지만 그것은 우리가 예상한 상황이 전혀 아니고 주어지는 상황에 따를 수밖에 없습니다.

죽음 이후에 펼쳐질 영적인 세계도 역시 우리가 장담할 수 없습니다. 지상의 육체 속에 있을 때에는 '자유의지'를 마음껏 사용했지만, 중력의 지배를 받지 않는 영혼의 세상에서는 전적으로 하늘에서 우리 영혼의 운명을 관장하기 때문입니다.

조금 혼동되실 것 같아, 다시 한 번 말씀드리겠습니다. '무슨 꿈을 꿀 것인가?' 우리에게 선택권이 없듯이, 죽음 이후의 영적 세계에서 우리에게는 선택권이 박탈될 수도 있습니다. 오로지, '지상에서 우리가 어떠한 삶을 살았느냐?'에 따라서 영적 운명이 결정될 것입니다. 그렇기 때문에, 우리 모두는 빈부귀천을 떠나서 엄혹한 죽음의 현실 앞에서 겸허해질 수밖에 없는 것입니다.

　네 번째로는 모두가 궁금해 하시는 '영적세계'에 대하여 탐색해 보도록 하겠습니다. 무슨 심령술 집회처럼 이상한 방향으로 흐를 수가 있으므로 쉬운 예를 들겠습니다.

　먼저 아이를 유치원버스에 태워 보내는 경험을 상상해 봅시다. 엄마는 잠자는 아이를 깨워서 아침을 먹이고 깨끗이 씻긴 다음 좋은 옷을 입혀 유치원버스가 오는 정류장에 데리고 갑니다. 손을 잡고 정류장으로 가면서 아이에게 "선생님 말씀을 잘 듣고, 친구들과 양보하고 사이좋게 지내며, 점심식사도 남기지 말고 다 먹어야 된다."고 여러 가지 신신당부를 합니다.

　이윽고 버스가 오면 아이를 태웁니다. 그 버스 안에는 이미 여러 아이들이 함께 타고 있습니다. 버스가 떠나기 전에 버스 유리창 안쪽에 앉아 있는 자신의 자녀를 보며 안쓰러운 마음으로 손을 흔들고 또 흔듭니다.

　드디어 버스가 떠나고 나서야 집으로 돌아와 아이의 방청소, 빨래 등을 하고, 아이가 유치원에서 돌아오면 먹을 간식을 기쁜 마음으로 준비합니다. 아이가 돌아오는 3시가 되기도 전에

2시부터 엄마의 마음은 벌써 안절부절 못합니다. 안쓰러운 마음으로 도착 시간보다 먼저 아이를 마중을 나갑니다.

이윽고 아이를 태운 버스가 도착하고 아이가 차에서 내려 자신의 품에 안겨서야 비로소 안도의 한숨을 내쉽니다.

"우와, 우리 공주님(왕자님) 왔네? 집에 맛있는 간식 해놓았으니 어서 가서 먹고 엄마랑 놀자~."

영적세계인 하늘에서도 역시 마찬가지입니다. 여러분(유치원 아이)을 지상(유치원)에 내려 보내기 전에 (특히 고난과 역경으로 점철된 삶을 살아야 하는 영혼에게는 더욱) 하늘(어머니)의 특별한 당부와 관심이 쏟아집니다. 이윽고 지상에 내려와 천하고 누추한 자리에서 섬김과 나눔의 삶을 살며 고군분투한 끝에 드디어 천상으로 올라갈 시점에 하늘에서는 천사들이 버선발로 마중을 나옵니다. 레드카펫보다 더 화려하고 좋은 황금 길이 열리면서 하늘에서 음성이 들립니다.

"수고했구나! 애 많이 썼구나!! 이제 평안히 쉬려무나~ 수많은 영혼들에게 유익을 준 너의 공이 너무 크다!!! 너의 상급이 엄청 크단다~."라는 칭찬과 천사들의 칭송이 쏟아집니다.

　제가 교직에서 담임을 할 경우에 학급에서 가장 마음이 쓰이는 아이가 있었습니다. 버스를 두 번이나 갈아타고 오는 6학년 여학생입니다. 그 아이에게는 거의 매일 두 가지를 당부했습니다. "먼저, 겨울철 빙판이나 눈길에는 천천히 등교해도 좋으니, 학교에 늦었다고 당황하거나 조급해하면 안 된단다. 다음으로는 어두워질 때까지 학교 근처에 있지 말고 날이 환할 때 서둘러 집으로 돌아가기를 바란다."입니다.

　담임교사인 저도 등하교길에서 고생하는 아이를 보면 항상 마음이 짠하고 챙겨주고 싶은데, 하물며 하늘에서는 고난당하는 사람을 보면서 어찌 안쓰럽게 생각하지 않겠습니까? 기운내세요. 하늘에서 내려다보고 있답니다.

　또한, 모든 세상사는 하늘의 섭리에 의해서 움직이므로 너무 걱정하거나 두려워하지 말기를 바랍니다.

다음으로는 '이러한 상황에 어떻게 대비하며 살면 좋은가?'에 대하여 말씀드리고자 합니다.

먼저, 할 수 있는 한, '순리&상생의 삶'을 살아가길 바랍니다. 지상에서의 나라가 헌법과 헌법의 가치에 의해서 다스려지듯이, 하늘나라에서의 최상위 헌법은 바로 '순리&상생의 법칙'입니다. 순리는 '제대로 차근차근 한 계단씩 밟아 올라가는 것'을 의미합니다. 가장 느린 방법 같지만, 무탈하고 부작용이 없으며 단단하여 오래 유지할 수 있습니다.

훌륭하신 분들을 자세히 살펴보면, 현재의 내공을 쌓기까지의 이면에는 수많은 땀과 눈물이 퇴적암의 지층처럼 오랜 세월 쌓여서 이 자리에 올 수 있었던 것이랍니다.

물이 흐르듯이 순리에 따라서 여유롭게 사는 삶이 곧 하늘과 코드가 맞는 삶입니다. 순리는 정도正道라고도 표현을 합니다. 또한, 상생은 '나도 살고, 너도 살고, 우리 모두 살자'입니다.

세상에는 다음의 네 가지 상황이 있습니다.

나도 죽고, 너도 죽자 → 너무 살벌하며 최악의 상황입니다.

나는 살고, 너는 죽자 → 너무 이기적이며 범죄가 창궐합니다.

나는 죽고, 너는 살자 → 너무 이타적이며 가족들을 고생시킵니다.

나도 살고, 너도 살자 → 너무 평화적이며 최상의 전략입니다.

어디 그게 말처럼 쉽냐고요? 어려울수록, 조급할수록 원칙을 지켜나가야 후회 없는 삶을 살 수가 있답니다.

두 번째 대비책은 지상에 있으면서 최대한 '섬김&나눔의 삶'을 살아야 합니다. 어린 아이들이 구슬 따먹기, 딱지치기를 하여 몇 개를 잃었느냐? 땄느냐?는 어른들의 관심사가 아닙니다. 어른들은 그저 내 아이가 친구들과 사이좋게 행복한 시간을 보낸 것에 의미를 두고 판단을 합니다. 하늘에서도 마찬가지입니다. 지상의 인간들이 얼마를 벌었느냐?, 잃었는가? 에 대하여 그다지 의미를 두고 있지 않습니다. 사람들이 돈에 대하여 집착과 욕심을 과도하게 부리기 때문에 그저 관심 있는 척할 뿐입니다. 지상에서의 관점은 그 사람의 돈, 학벌, 지위, 외모, 명

예, 권력 등의 외적인 것을 보지만, 하늘의 관점은 외적인 것들
이 오히려 거추장스러운 걸림돌이 될 수도 있습니다.

자신이 처한 상황을 불평과 원망하지 않고 성실과 진실한 자
세로 극복하며 힘겨운 자리에서 '이웃들에게 얼마만큼 섬김과
나눔의 삶을 실천했는가?'로 평가를 할 것입니다.

마지막 세 번째의 대비책은 '하늘(영적세계)을 염두에 두고 사
는 삶'입니다. 해마다 30여 일의 방학이 끝나고 개학이 다가오
면 아이들은 마음이 갑자기 바빠집니다. 그동안 못했던 숙제를
하고, 밀린 일기도 써야 하며, 만들기와 그리기 작품도 완성해
야 하기 때문입니다. 그렇게라도 바짝 해야 개학식 날에 선생님
의 방학숙제 검사에 조금이나마 얼굴을 들 수 있기 때문입니다.

제가 근무하는 학교에서는 개학식 날에 방학숙제 검사를 하
여 최우수상 1명, 우수상 5명을 선발하여 교장선생님의 직인이
찍힌 과제상을 주게 되어 있습니다. 당연히 개학 며칠 전부터
숙제를 급조하여 제출한 대부분의 학생들은 상을 받지 못합니

다. 물론, 숙제의 구색은 갖추었으므로 혼나지는 않습니다.

교장선생님의 상을 수상하는 아이들은 대부분 방학동안 내내 학기 중일 때와 다름없이 개학날의 방학숙제 검사를 염두에 두며 성실하게 준비해 온 것에 대한 보상을 받습니다. 반면에, 방학 내내 놀기만 하고 숙제를 거의 해오지 않은 아이들은 꾸중과 함께 청소벌이 주어집니다.

불과 몇십 일의 방학기간이 끝나고도, 선생님으로부터 상을 받는 아이와 혼이 나는 아이로 구별이 되는데, 하물며 수십 년의 한평생을 살다가 하늘에서 육신의 삶에 대한 심판이나 정산하는 것이 없다고 한다면, 그것은 말이 안 되는 '어불성설'일 것입니다. 지금부터라도 미리 차근차근 심판이나 정산하는 날에 하늘에 당당하게 내놓을 자신만의 멋진 숙제를 구상하여 실행에 옮기는 것이 현명한 삶의 태도일 것입니다. 아울러, 우리가 지상에서 어느 곳에서 어떤 모양으로 살든지 고향을 그리워하며 살든지, 비록 육신의 삶이 고단하고 힘겹지만 하늘(영적세계)을 염두하며 희망을 갖고 사는 것이 중요합니다.

좋은 고향은 금의환향만 받아주는 것이 아니라, 부도나고 실패하여 찾아오는 인생들을 어머니의 품처럼 따뜻하게 받아줍니다. 하늘에서의 영적인 고향도 마찬가지입니다. 상처입고 갈기갈기 찢긴 영혼을 넉넉하게 받아줄 준비가 되어 있답니다.

그리고 혹시나 해서 말씀드립니다. 나중에 여러분이 나중에 죽어서 혼령이 되었을 때에는, 더 이상 지상이나 구천에 떠돌지 마시고, 얼른 좋은 하늘의 영적 고향으로 가시기를 바랍니다. 산 사람 입장에서는 귀신이 얼마나 무섭습니까? 그것을 모르고 지상에 남아서 산사람을 괴롭히면 오히려 악업만이 더 늘어나겠지요! 자신이 살아있을 때 귀신을 두려워했던 입장을 생각해서라도 곧바로 하늘로 가던 길을 계속 가시기를 바랍니다. 살아서는 귀신의 앞잡이 노릇을 하고, 죽어서는 귀신이 되는 악순환의 굴레를 이제는 벗어나야 합니다.

마침, 귀신 이야기가 나왔으니, 평소 생각하던 것을 조금만 말씀드리겠습니다. 앞으로 살다가 귀신을 보게 되거나, 마주치게 된다면 더 이상 두려워하지 마십시오. 오히려 그 귀신이 우리를 두려워하게 만드십시오!

물론 그 단계는 거저 되는 것은 아닙니다. 항상 자신의 일시적인 욕망을 내려놓을 줄 알며, 허상에 집착하지 않고 올바른 삶을 실천하는 진실한 사람이 되어야 합니다. 왜냐하면, 귀신은 누울 자리를 보고 다리를 뻗는 삿된 존재이기 때문입니다.

앞에 앉아 계신 어르신 한 분 (단도직입적으로) 도대체 죽음이 뭡니까? 간단명료하게 말씀해 주십시오!

휴게소장님 아이쿠, 돌직구 질문이 바로 들어오네요. 제가 생각하는 죽음이란 잠에서 깨어나는 것입니다. 육체가 살아가는 현실세계는 어쩌면 영혼이 잠을 자며 꿈을 꾸는 것일 수도 있습니다. 죽음은 곧 자신의 육체 안에 갇혀 있던 영혼이 비로소 잠에서 깨어 바깥으로 나오는 순간이라고 할 수 있습니다.

옛 성현들이 인생을 표현할 경우에 가장 많이 표현하는 것이 바로 '일장춘몽一場春夢, 한 바탕 봄날의 꿈'이지요. 그렇다고 해서 인생의 허무와 덧없음을 이야기하고자 하는 것이 아닙니다.

이렇게 찰나의 인생이기에 더욱 소중하게 살아가야 할 책무가 우리에게 남아 있는 것입니다. 왜냐하면, 우리의 후손들에게 우리는 곧 조상이 되기 때문입니다. 마땅히 올바른 삶의 본보기가 되어야겠지요~.

결론적으로 삶과 죽음은 서로 연결되어 있습니다. 삶의 관점에서 죽음을 보면 삶이 이승이 되고, 죽음이 저승이 되지만, 영적세계의 관점에서 삶을 보면 오히려 영적세계는 이승이 되고, 삶이 저승이 됩니다. 그러기에 삶과 죽음은 결국 한통속입니다.

또한 하늘과 조상님들 앞에서 올바른 삶을 살아야 죽음 뒤의 안락한 영적세계를 마음껏 누릴 수가 있습니다. 또한 이러한 덕德과 선업善業은 우리의 후손들에게 고스란히 복福이라는 이름으로 전달이 될 것입니다.

(삐리삐리♪ 삐리링♬)어느덧 종이 울리네요. 한 시간이 훌쩍 지나가네요. 아직 1시 30분이므로 버스에 탑승하는 2시까지는 30분이 남았습니다. 편의점에 가서 맛있는 것도 사드시고, 휴게소 뒤편의 산책로도 잠깐 걸으신다면 좋은 힐링의 시간이 될 수 있을 것입니다. 이제 저는 물러가겠습니다. 부족한 강연을 경청해 주심을 감사드립니다.(일동 박수 짝짝짝짝)

칠판에 적힌 요약서 : 특강1편

삶과 죽음은 한통속!

벤츠차 엠블럼처럼 삶의 원 안에는 영적, 육체적, 인간관계 부문의
세 가지 요소가 균등하게 구분이 되어 있습니다.

1 인생은 '만만치가 않은 것'입니다.

2 인생은 '모르는 것'입니다.

3 인생이란 '얻는 것이 있으면, 잃는 것이 있는 것'입니다.

4 인생이란 '원래 그런 것'입니다.

5 인생은 '이것, 저것, 그것'입니다

죽음이란?

1 죽음은 '이미 제출한 시험지'입니다.

2 죽음은 '전혀 다른 새로운 차원으로의 진입'입니다.

3 죽음에 대하여는 '예행연습'이 필요합니다.

4 영적세계는 '어린 아이를 유치원버스에 태워 보내는 것'과
   비슷합니다.

영적세계를 대비하려면?

1 할 수 있는 한, '순리&상생의 삶'을 살아가야 합니다.

2 지상에 있으면서 최대한 '섬김&나눔의 삶'을 살아야 합니다.

3 마음에 '하늘(영적세계)'을 염두에 두고 살아야 합니다.

4 귀신이 두려워할 정도로 '올바르고 진실된 삶'을 살아야 합니다.

죽음은 자신의 육체 안에 갇혀 있던 영혼이 비로소 잠에서 깨어 바깥으로 나오는 순간이라고 할 수 있습니다.

삶과 죽음의 상대방 관점에서 보면, 이승과 저승은 한통속입니다.

마음충전소 Tip

여섯 살 유머(100% 실제상황)

· (동전 2개를 가져오더니)

백 원하고, 백 원하고 더하면 몇 만 원이야?

· (주문한 스테이크에 검은 소스가 뿌려서 나오자)

왜 고기에 짜장면을 뿌린 거야?

· (옷가게의 검은 마네킹을 보더니)

죽은 사람을 왜 저렇게 세워 놓았어?

· (우리 차가 12년차의 오래된 차라고 하자)

우리 차한테 '형'이라고 불러야 되지?

· (면도 안 한 턱수염을 보자마자)

아빠! 누가 공격을 할 수 없도록 '가시'를 키우는 거야?

· (도로에서 덮개가 씌워진 탑차를 보면서)

저 차는 사람을 가둬 놓는 감옥차야?

- (낮잠 자고 오후 늦게 일어나며)

  아직 어제인 거야?

- (불가능을 가능으로 만드는 만능 주문)

  아빠! 일루 와 봐~

- (숲을 산책하다가 이끼로 덮인 땅을 보더니)

  왜 브로콜리가 땅에 깔렸어?

- (TV 화면에서 화산폭발 장면을 보며)

  왜 산이 화가 나서 대포를 쏘는 거야?

- (코다리 전문 음식점에서)

  코다리 아저씨도 코끼리 아저씨처럼 코가 기다란 거야?

- (다섯 손가락을 가리키며)

  엄지, 검지, 중지, 약지, (고개를 갸우뚱하더니) 육지!!!

- (2014 동계올림픽을 보면서)

  아빠! 사람들이 김연아, 김연아 그러는데,

  정말 '김연아'가 있기는 있는 거야?

"바위는 아무리 강해도 죽은 것이고
 계란은 아무리 약해도 산 것이네.
 바위는 세월이 가면 부서져 모래가 되겠지만
 언젠가 그 모래를 밟고 계란 속에서
 태어날 병아리가 있을 걸세."

(출처_'각시탈' 대사 중 2012년, KBS)

마음

中학교

:고난편

지지리
궁상

휴게소에서 버스에 탑승하여 의자에 앉자마자 갑자기 떠오르는 말이었다. 수민이는 어려서부터 오렌지 주스를 거의 원액으로 마시지 않았다. 절반쯤 물이 담긴 컵에 주스를 약간 따른 후에 희석시켜 여러 번으로 나누어 마셨다.

또한, 동네 목욕탕을 들어갈 경우에 어떤 경우에도 샴푸를 구입한 적이 없었다. 탕 주변의 여러 쓰레기통을 뒤져서 다른 사람들이 쓰고 남은 일회용 샴푸 2~3개를 혼합하여 자기 머리를 감는 것이 다반사였다. 최고의 궁상은 역시 화장지였다. 화장실의 변기 옆에 걸려 있는 두루마리 화장지를 식사 후 고추장이 묻은 입가를 닦는 겸용으로 사용하였다.

"궁상 떨지 마!!!"

오늘 아침에도 집에서 나오려는데, 어머니는 여행객의 옷이 너무 남루하다고 한소리 하셨다.

이윽고 버스는 '수구리'라는 마을 표지판이 있는 동네에 들어서더니, 곧바로 마음中학교의 주차장으로 향했다. 학교의 교무부장 선생님 일행이 교내의 시청각실로 안내를 하였다. 인성부장 선생님이 학교에 대한 설명과 향후 일정을 아래와 같이 설명을 해주었다.

"본교는 학기 중에는 일반 학교와 마찬가지로 학생들이 학업 생활을 하며, 학교 설립자인 마음여행사 이영숙 대표님의 뜻에 따라 방학 중에는 여러분과 같이 주로 중년의 허한 마음을 풀어주는 테마여행 코스를 진행하고 있답니다. 따라서 마음中학교의 '中'은 일반적인 중학교도 되지만, 또 한편으로는 '중년中年'의 준말을 뜻하기도 합니다.

우리 학교에는 여러 특별실이 구비되어 있으니 잘 탐방하시고 오후 5시까지 버스에 탑승해 주시면 고맙겠습니다. 아울러 3시 30분부터는 2층 강당 겸 체육관에서 본교 교장선생님의 특강이 준비되어 있으니 참여하시면 좋은 치유의 시간이 될 수 있을 것입니다. 지금부터는 각자 학교 탐방을 하시면 됩니다."

　버스를 탔더니 답답한 마음이 들어 탁 트인 운동장으로 향했다. 시청각실에서 현관 사이에 '과학실'이라는 패찰이 붙어 있어 들어갔다. 인체모형도부터 비커, 알코올 램프, 시험관 등의 다양한 실험기구들이 구비되어 있었다.

　벽면에는 '우리나라의 10대 과학유산'이라는 액자가 부착되어 있었다. ①자격루, ②혼천시계, ③측우대, ④석굴암, ⑤종묘, ⑥경주역사 유적지구, ⑦고인돌, ⑧창덕궁, ⑨해인사 장경판전, ⑩수원화성 등이 사진과 몇 줄의 설명에 자연스럽게 눈길이 갔다.

　그 옆의 액자에는 '나비의 한살이'라는 타이틀로, ①알→②애벌레(1~4령까지 애벌레는 흑갈색이며 새똥모양)→③녹색 애벌레(매달린 채 번데기가 됨)→④번데기→⑤번데기 과정(허물을 벗고 서서히 번데기가 됨)→⑥번데기 완성→⑦번데기(시간이 어느 정도 경과된 번데기)→⑧성충(봄이 오면 성충으로 우화를 시작함)→⑨호랑나비 과정(탈피각을 벗어 나오려고 함)→⑩호랑나비(날개는 젖어 있는 방금 나온 나비) 등이 동그란 원안의 사진과 같이 딱 허니 걸려 있었다. 작은 곤

충조차 무려 10단계의 복잡한 절차를 거쳐 비로소 생명으로 태어나는 것이다. 새삼 생명의 신비에 대하여 경외감을 갖지 않을 수 없었다.

그 옆의 액자에는 '실험기구 사용방법'이라는 커다란 글씨 밑에 스포이드, 알코올 램프, 시험관 등의 사용법이 삽화와 함께 순차적으로 나열되어 있었다.

찬찬히 액자의 내용을 살펴보는 중에 수민이는 학창시절에 했던 여러 가지 과학실험이 떠올랐다. 약간은 충격적이었던 개구리 해부, 중크롬산 암모늄을 이용한 모의 화산폭발, 페놀프탈레인 용액을 염기성 물질에 떨어뜨리는 실험 등이 떠올랐다.

가장 기억에 남는 것은 역시 스릴과 서스펜스가 넘쳤던 '산소 발생 실험'이었다. 깔대기에서 묽은 과산화수소를 이산화 망가니즈가 들어 있는 삼각 플라스크에 내리면, 거품이 일어나며 따뜻해진다.

발생된 기체는 고무호스를 타고 불순물이 제거되는 과정을 거치며 수조의 물에 거꾸로 세워져 있는 집기병 속의 물이 내려가면서 산소가 발생된다. 산소로 가득찬 집기병에 작은 향불을 조심스럽게 넣으면 마치 용접불꽃처럼 환하게 타오르며 아이들은 환호성을 지른다.

하지만, 이렇게 성공하는 실험조는 드물고, 대부분은 핀치 집게가 빡빡하여 조정하기가 쉽지 않기 때문에 한꺼번에 많은 양의 묽은 과산화수소가 흘러간다. 이런 경우에는 이산화 망가니즈와 만나는 화학반응으로 인하여 삼각 플라스크의 고무마개가 곧바로 뻥! 하면서 터진다.

이런 실험을 하고 나면 쉬는 시간에 아이들이 모이면 폭발사고가 일어났다고 설왕설래 하던 장면들이 어느새 재미있는 추억으로 자리 잡게 되었다.

마음운동장 : 풀이편

 화학약품 냄새가 풍기는 과학실을 뒤로 하고 나온 수민이를 반겨준 것은 바로 드넓은 인조잔디 운동장이었다. 가장자리에는 레드카펫 같은 붉은 색의 우레탄 트랙이 학생들의 운동화를 기다리고 있었다. 차가운 개울가에 살포시 발을 담그듯이 수민이는 우레탄 트랙에 발을 내딛으며 한 바퀴 돌기로 하였다. 운동장 여러 곳에는 보물찾기처럼 여러 개의 낱말풀이가 돌에 기록되어 흩어져 있었다. 아마도 서예나 글씨쓰기에 일가견이 있는 선생님이 쓰신 것 같았다. 수민이는 휴게소에서 적었던 영수증 뒷면에 이어서 다음의 낱말풀이를 적었다.

마음풀이1　　현재를 끊임없이 불평하며 원망하는 **불행**

마음풀이2　　밥맛이 없어지며 모래알처럼 씹히는 **고민**

마음풀이3　　밤새 뒤척이며 이 생각, 저 생각이 꼬리에 꼬리를 무는 **근심**

마음보건실 : 코디편

낱말풀이를 읽고 착잡해진 마음으로 교내로 들어오니 1층 한
켠에 '보건실'이라고 적힌 팻말이 있었다. 보건실의 안쪽에 들
어가니 투명한 아크릴 판에 선명한 글씨로 아래와 같은 글들이
벽면에 붙어 있었다. 내용이 많아서 이번에도 휴대폰 사진 기
능을 이용하여 찍어 두었다. 내용을 소개하면 아래와 같았다.

마음코디1 : 고난병원 진단서

· 미쳐버릴 것만 같은…

· 퍼즐을 맞추어 나가는…

· 시도·때도 없이 찾아오는…

· 내 힘으로 어찌할 수 없는…

· 리허설 : 더 큰 고난에 대비하여 실전처럼 훈련하는…

· 지름길 : 원하는 목적지까지 훨씬 빠르게 도달하게 하는…

· 막상 자신이 당하여 당사자가 되면 휘청거릴 수밖에 없는…

· 맹수의 이빨 : 한 번 물리면 아무리 발버둥 쳐도 결코 헤어나
  올 수 없는…

· 테스트 : 성적으로 우등생을 선발하듯이, 인생고수인지 여부
  를 판가름하는…

· 리트머스 : 앞으로 나아가느냐?, 이대로 고꾸라지느냐?의 시
  험대에 서 있는…

· 요철 : 타이어를 덜컹거리게 만들듯이, 살아온 삶을 송두리째
  흔들어 버리는…

마음코디 2 : 고난병원 처방전(다음의 구절을 차례로 되뇌어 보세요~)

1 어쩌다가 이 지경까지…

2 다시는 절대로…

3 헛껍데기, 아무것도 아님, 그건 그때 가서…

4 그나마 다행인 것은?

5 어려울수록, 자숙&성찰의 계기로~

6 지금은 그런 시기가 아니란다, 자존심을 내려놓으렴…

마음코디3 : 행복

· 과정에서 의미를 찾고 기쁨을 체험하는…

· '지금도 충분히 만족스럽다'라고 느끼는…

· '시간이 이대로 멈추었으면'이라고 간절히 바라는…

마음코디 4 : 여유

· 한박자 천천히, 조금 느리게…

· 때로는 모르는 척 넘어가 주는…

· 이런 일도 있고, 저런 사람도 있고…

· 되면 좋고, 안되어도 어쩔 수 없는…

· 느긋하고 너그럽게 현실을 직시하는…

· 주변의 실수에 대하여 조금 더 관대한…

· 2% 부족한 것에 대하여 오히려 만족감을 느끼는…

마음코디 5 : 카카오톡 상태메시지 예시

· 때가 되면…

· 성심성의껏~…

· 뭘 좀 제대로…

· 다시는 절대로…

· 위기를 기회로…

· 정금같이 나오리다…

· 아무 일도 없었던 듯이…

· 한 치의 흐트러짐도 없이…

· 단단한 땅에 물이 고이는…

· 새사람 새 출발~…

· 결코 우연이 아닌…

· 그럴 만한 이유가 있는…

· 초조하지도, 우쭐하지도 말고…

· 개의치 말고, 단, 방심은 금물…

· 자아중심적 사고로부터의 탈피…

· 진검승부? 결국 자신과의 싸움…

· 행복이란? '아낌없이 주는 나무처럼~'…

마음상담실 : SOS편

보건실에서 나와 아까 들렀던 과학실 복도를 지나가니 1층의 맨 가장자리에 상담실이 자리잡고 있었다. 문을 살포시 열고 들어가니 화사한 블라인드와 편안하게 느껴지는 소파가 반갑게 인사를 하는 것 같았다. 아마도 학기 중에는 혈기왕성한 중학생들의 다양한 사연을 들어주며 상담을 할 것이고, 주말과 방학 때는 지금처럼 테마여행에 참가한 사람들을 위한 고민을 들어주는 곳이라고 짐작이 되었다. 전문 상담선생님처럼 마음을 집중적으로 관리하는 매니저라는 생각이 들자 수민이는 휴게소에서처럼 여러 힘든 마음의 부담들을 속 시원하게 떨어놓았다. 아래의 내용은 상담실에서 상담했던 질문과 답변을 요약한 내용이다.

마음Q&A 고난의 한 가운데 있어서 몸과 마음을 가누지 못하겠어요.

먼저, 마음으로부터 위로를 보냅니다. 토닥토닥… 제가 어렸을 적에는 지금처럼 TV가 온종일 나오지 않고 오후 5시 30분부터 방영이 되었습니다. 방영시간에 딱 맞추어 TV가 켜지지 않고 대략 30분 전부터는 '화면조정시간'이라고 하여 본격적인 방영시간을 준비하는 시간이 있었습니다. 고난의 한복판에 있는 지금이 바로 '화면조정시간'이라고 생각됩니다. 이제 조금만 지나면 짧았던 '화면조정시간'은 끝이 나고 본격적으로 행복한 시간이 열릴 것입니다. 어느 순간에도 희망의 끈을 놓지 마시고 툭툭 털고 다시 일어나시기를 기도드립니다.

마음Q&A 고난이 올 때마다 극심한 스트레스에 주눅이 들면서 두려움에 떨어요.

무엇보다도, 맷집과 면역력을 키워야 합니다. 저는 한겨울에 밥을 하기 위해 쌀을 씻을 때 일부러 가장 찬물을 틀어놓고 맨손으로 씻습니다. 쌀을 일구는 첫 번째, 두 번째에는 살이 얼어 쓰라립니다. 드디어 세 번째에는 손에 있는 신경세포들이 차가워 못 살겠다고 말 그대로 쿠데타를 일으키며 엄청난 충격이 뇌에 실

시간으로 전달되어 전율을 느낍니다. 당장 손에 고무장갑을 끼
거나 수돗물을 따뜻한 쪽으로 틀고 싶은 충동이 솟구쳐 올라옵
니다. 바로 이때가 고비입니다. 일단, 무턱대고 네 번째에도 찬
물을 틀어 놓고 맨손으로 쌀을 일구면 조금 지나서 일곱 번째부
터는 아예 쌀 그릇에 손을 푹 담그고 찬물을 기다리는 여유와 면
역력이 생깁니다. 고난도 마찬가지입니다. 어려운 고난의 고비
를 묵묵히 견뎌내면, 웬만한 고난들은 오히려 즐길 수 있는 경지
에 다다르게 됩니다. 무작정 두려움에 떨지 말고 '정면돌파'하겠
다는 각오로 나아가십시오. 어느새 단단한 맷집과 면역력이 형
성될 것입니다.

마음Q&A 황량한 벌판에 홀로 살을 에이는 듯한 혹독한 시련을 만났
어요.

댓글 : 먼저 토닥토닥~, 황량한 벌판은 인생교실이고, 혹독한 시
련은 인생교과서랍니다. 홀로 살을 에이는 이유는 '마지막 자존
심'까지 내려놓으라는 하늘의 뜻이고요. 뭔가 이유가 있어서 닥

처온 이 모든 시련이 나중에 피가 되고, 살이 되는 '유익함'을 줄 것입니다. 최악의 상황을 대비하며 시련을 담담하게 감수할 때, 결국 잘 풀릴 것입니다. 단, 주의할 점은 시련 때문에 누구를 원망하지 마세요!

마음Q&A 왜 여전히 삶에 고난이 가득차고 힘이 들까요?

반문 : 왜 아니겠어요? 고난은 우리가 학창시절 배웠던 영어, 수학과목을 생각하면 됩니다. 영어단어를 암기했든지, 하지 않았든지, 수학문제를 풀든지, 못 풀든지, 때가 되면, 학창시절의 영어, 수학 선생님께서는 회초리를 들고 수업시간에 들어오십니다. 고난 역시 우리가 충분히 대가를 지불하기 전까지는 수시로 방문할 것입니다. 마치, 명문대에 진학하기 위해서는 영어, 수학과목을 포기할 수 없듯이, 우리도 명품인생을 발돋움하기 위해서는 '고난'은 반드시 정복해야 하는 필수 과목이랍니다. 왜냐하면 고난이 없이는 '인격수양'도 '영적성장'도 거의 불가능하기 때문입니다.

마음Q&A 고난을 당하고 있는데, 도무지 해결될 기미가 없어요.

걱정하거나, 두려워하기만 하는 것은 일의 해결에 전혀 도움이
되지 않는답니다. 시간이 지나면서 자연스럽게 해결되는 것이
세상의 이치랍니다. 나무를 보지 말고, 숲을 보는 안목으로 흐름
을 진득하니 예의주시해 보세요. 또한 비장의 히든카드를 소개
하겠습니다. 저는 줄여서 '감따지마'라고 하는데, 언제, 어디서,
무슨 일을 당하든지 '감사하는 마음, 따뜻한 마음, 지혜로운 마
음'만 있다면, 더 이상 두려워하지 않아도 된답니다.

마음Q&A 고난을 당하여 혼자서 연일 고군분투하고 있어요.

자신을 지금부터 '라디오 진행자'라고 생각하세요. 작은 스튜디
오 안에서 외롭게 대사를 읊조리고 있지만, 실상은 수십만의 사
람들이 방송을 들으며 공감하며 함께 하고 있답니다. 독자님 역
시 혼자가 아니고, 하늘세계에서 실시간으로 생방송으로 중계되
고 있답니다. 힘이 부치고 쓰러질 때마다, 마음을 차분히 가라앉
혀 보세요. 고난을 해결하기 위하여 하늘의 선한 영적존재들이

백방으로 동분서주하는 것을 감지할 수 있을 것입니다. 아참! 고
군분투하는 이유는 알고 있지요? 바로 제2의 인생을 새롭게 시
작하라는 하늘의 뜻이랍니다.

마음Q&A 고난의 한 가운데에서 갈피를 못 잡고 허우적거리고 있어요.

처방전 : '고난일지'를 기록해 보세요. 오늘부터 시간, 장소, 분
위기, 등장인물, 대화내용, 마음상태 등을 모두 종이나 스마트폰
메모장에 쓰는 습관을 가지세요. 나중에 보면, 예상외로 쉽게 풀
리거나, 시간이 지나면 모두 해결되는 것을 알 수 있을 것입니
다. '고난일지'를 상세하게 적어 놓으면 단순한 경험기록이 아니
라, 살아 있는 체험일지가 되어서 살아가는 데 소중한 인생자료
가 될 수 있답니다.

마음Q&A 제발 인생에서 고난이라는 괴물을 만나지 않으면 좋겠어요.

예를 들어, 길을 가다가 자전거를 만났습니다. 자전거와 부딪쳐
다치지 않으려면 그 자리에 가만히 있으면 됩니다. 왜냐하면, 자

전거가 알아서 피해가기 때문입니다. 하지만, 자전거를 피하기 위해 이리 뛰고, 저리 뛰면서 요동을 치면, 자전거와 부딪쳐 부상을 당할 수 있습니다. 여기서 자전거는 고난을 의미하는 것입니다. 고난을 너무 의식하며 잔꾀를 부리면 오히려 더 빨리 만날 수도 있습니다. 묵묵히 자신의 삶을 걸어가는 것이 정도正道입니다. 인생의 깊이와 진지함은 바로 정도正道에서 나온답니다. 또 다른 면에서는 '위대한 일을 할수록 방해공작이 그만큼 많다'는 사실을 직시하고, 고난이 올 경우에, 너무 겁먹지 말고 기꺼이 감수하려는 마음자세가 필요합니다.

마음Q&A 왜 제 인생은 산전수전, 파란만장으로 점철되어 있는지 궁금해요.

좀처럼 쓰지 않는 영어 한 마디 쓸게요. 'Me too.' 인생은 누구에게나 만만한 것이 아니랍니다. 인생의 우여곡절이 올 때마다, '나는 가수다'의 예능프로처럼, '나는 누구다'라고 담대하게 선포하세요. '나는 신앙인이다', '나는 수행인이다', '나는 엄마다',

'나는 최고 전문가다' 등을 선포하는 것은 어려움을 정면으로 막아 주는 방패 역할을 충실히 감당해 줄 것입니다.

마음Q&A 매사에 어려움의 장벽이 견고하게 버티고 있는데요?
때로는 무모하게 맞서지 말고 돌아가는 여유와 지혜도 필요하답니다.

마음Q&A 아무 잘못도 없는데, 불시의 고난으로 큰 고통을 당하고 있는데요?
모든 고난에는 '하늘의 뜻'이 있답니다. 고난의 첫 번째 이유는 자신이 악업을 저지른 결과로서 받는 벌이 있습니다. '인과응보'라고도 표현합니다. 돌이켜보면, 하늘과 주변에 기본적인 예의나 도리를 지키지 않았던 일이 생각날 것입니다. 이 경우에, 깊이 반성하고 새로운 삶을 살겠다는 '결단'이 필요합니다. 두 번째 이유는 더 높은 성장을 위하여 대가를 치르는 고난이 있습니다. 생명의 환희 이전에 출산의 고통이 앞서는 것이 인생의 이치랍니다. 이 경우에는 장차 올 영광을 생각하며 묵묵히 현재의 고난에 대하여 기꺼이 대가를 치르겠다는 마음가짐이 필수랍니다. 중요한 것은 고난 자체가 아니라, 그 속에 내포된 의미를 파악하며 마음자세를 올곧게 하는 것이랍니다.

마음Q&A 하루 하루가 견디기 너무 힘들고 점점 지쳐요.

처방전 : 돌아갈 '제2친정'을 만들어 보면 어떨까요? 먼저, 자신이 가장 평안하게 느끼는 장소를 물색해 보세요. 자신의 집 베란다에 은박돗자리를 깔고 앉아도 좋고, 동네 커피숍, 숲속길, 목욕탕, 납골당 등 매일 또는 일주일에 한 번 정도 방문할 수 있는 곳을 '제2친정'으로 명명해 보세요. 그곳에서 차분하게 기도나 명상을 해도 좋고, 마음이 맞는 사람들과 대화를 하거나 맛있는 것을 먹어 보세요. 확실히 재충전이 될 것입니다. 그전에 잠을 잘 자도록 노력하는 것도 중요하답니다. 푹 자고 나면 기분이 한결 나아지기 때문입니다.

마음Q&A 고난의 사막 한 가운데에서 고스란히 흙먼지를 뒤집어 쓰고 있어요.

먼저, 그동안 이루 말할 수 없는 고생을 한 것에 대하여 위로를 드립니다. 다만, 사막의 한 가운데라면 이제 반환점에 도달한 것입니다. 지금부터는 걱정 그만하고 홀홀 털고 앞으로 전진하든지, 돌아오든지 어느 방향으로든 나오기만 하면 된답니다. 고스란히 뒤집어 쓴 흙먼지를 따뜻한 온수로 상쾌하게 씻어낼 시기가 이제 곧 다가올 것입니다. 조금만 더 기운을 내세요~.

마음체육관 : 특강2편

살얼음판, 눈물이 난다

수민이는 계단을 이용하여 2층에 있는 체육관 겸 대강당으로 올라갔다. 접이식 의자가 수십 개 놓여 있었다. 연단에는 멋지게 나이를 드신 분이 마이크를 잡고 강연을 시작하려고 하였다. 수민이는 한 말씀도 놓치고 싶지 않아서 휴대폰의 녹음기 기능을 이용하여 특강실황을 녹취하였다. 실제 강연의 내용은 아래와 같다.

먼저, 우리 마음中학교에 오신 것을 환영합니다. 저는 이 학교의 교장 직분을 수행하고 있는 이순찬이라고 합니다. 교문에 들어오면서 느껴겠지만, 우리 학교는 교내 건물이 자연과 어우러져 아름다운 조화를 이루어져 이곳에서 공부하며 생활하는 학생들이 전원생활을 만끽하면서 공부할 수 있는 치유 학교입니다.

공부에 들어가기에 전에 미리 말씀드립니다. 저는 몽당연필

처럼 보잘것없는 존재이지만, 단지 평소에 제가 묵상했던 일반
적인 것들을 진솔하게 풀어 놓으며 같이 공유하고자 떨리는 마
음으로 이 자리에 섰습니다. 아무쪼록, 취할 것은 취하시고, 버
릴 것은 과감히 버리셔서 조금이나마 유익한 시간이 되기를 바
랍니다.

이번 시간에는 일반인들을 상대로 하는 교양강좌를 염두하
며, '살얼음판, 눈물이 난다'라는 주제로 '고난과 행복'에 대하
여 탐색하는 시간을 갖고자 합니다.

혹시라도 여러 일 때문에 마음고생의 고난을 겪는 분들을 위
하여 제가 평교사 시절에 즐겨 썼던 '도장 꽝!'비법을 알려드리
고자 합니다. 예를 들어, 학생이 밤새워 숙제를 해온 노트에 담
임선생님은 불과 1초도 안 되는 순간에 '검'자 도장을 꽝~ 찍어
서 그 학생을 숙제로부터 자유할 수 있도록 해줍니다. 이런 일
이 가능한 이유는 담임선생님에게는 숙제를 검사할 수 있는 권
한이 있기 때문입니다.

마찬가지로, 우리에게 시도 때도 없이 몰려드는 여러 부정적

인 감정으로 인하여 우리는 수없이 많은 마음고생을 합니다. 사람이 살아가는 동안에 마음고생을 하면 그야말로 '생지옥'이 따로 없습니다. 이러한 부정적인 감정들에다가 '허상'이라고 적힌 상상의 도장을 꽝! 찍고, 마음고생의 사슬로부터 풀림을 받기를 바랍니다.

하나님께서는 우리 인간들에게 '자유의지'라는 기막힌 선물을 주셨답니다. 이 말은, 우리의 마음과 감정을 좌지우지 선택할 권한이 우리에게 있다는 의미이기도 합니다.

감정들은 그저 언제 없어질지 모르는 뜬구름 같은 '허상'에 불과하답니다. 실체가 없는 과거나 허상에 집착하지 말고, 미래에 대한 부정적인 감정들을 미리 땡겨옴으로 인한 마음고생을 관제탑에서 비행기에 지시를 내리듯이 자신의 마음에 '과거는 이미 지나간 달력에 불과하다', '미래에 대한 걱정은 그저 헛껍데기, 아무 것도 아니다'라는 도장을 꽝! 찍기 바랍니다. 자신의 마음을 부릴 수 있는 정당한 권한이 우리 자신에게 부여되어 있답니다.

이제 본격적으로 고난에 대하여 탐색을 하도록 하겠습니다. 살아있는 생명체라면 어떤 존재라도 숨을 쉬어야 하듯이, 인간이라면 누구라도 고난을 피해갈 수 없는 것이 인생입니다.

그 고난이 크든지, 작든지 끊임없이 해변가의 파도처럼 밀려옵니다. 결국 피할 수 없는 고난이라면, 맞상대해야 하는 우리 자신의 '면역력'을 기를 수밖에 없습니다.

제 생각에 고난이라는 것은 '선생님께 혼나는 것'과 같습니다. 학교생활을 하다 보면, 잘하면 칭찬을 받을 때도 있지만, 잘못하거나 실수하면 심지어 억울하게 혼이 나는 경우도 있는 것입니다. 마치 물고기에게 물결은 일상사인 것처럼 인생길에서 고난은 새삼스러울 것이 없는 '다반사'인 것입니다. 혼나는 것에 대하여 미리 예민하게 반응하지 말고, 여유롭거나 최소한 담담하게라도 받아들이기를 바랍니다.

지금부터는 도대체 고난은 왜 이렇게 우리에게 다가오며, 어떻게 대처해야 그나마 현명하게 이겨낼 수 있는지에 대하여 구체적으로 공부하는 시간을 갖도록 하겠습니다.

먼저, 고난을 정의하자면, '고난은 동물원의 비단뱀' 같은 존재입니다. 얼마 전에 동물원에 간 적이 있습니다. 유리벽 안쪽에 2~3m 길이의 비단뱀이 있었고 주변에 뱀의 멋잇감으로 닭한 마리가 돌아다니고 있었습니다. 비단뱀은 미동하지 않고 가만히 있는데, 닭은 정신없이 유리벽 여기저기를 부산하게 뛰어다니고 있었습니다. 결국 어느 순간에 한입에 잡아먹힐 것이라는 명약관화한 일입니다.

문득 닭은 우리 인간을 가리키고, 뱀은 고난, 역경 등을 나타내는 것이라는 생각이 들었습니다. 우리 인간들이 잘나간다고 자랑하며 목에 힘 주고 여기저기를 다니며 무엇인가를 높이 쌓아도 어느 순간에 고난의 쓰나미가 덮치면 속절없이 무너지게되어 있습니다.

우리 주변에도 잘나가다가 〈나락으로 떨어지는 경우〉가 얼마나 많습니까? 여기에서 유의해서 봐야 할 점은 바로 고난은 예기치 않은 경우도 많다는 것입니다.

제가 평교사 시절에, 출근을 하니 밤사이 과학실 수도관이

터져서 교실이 물에 발목만큼 잠겨 있었습니다. 한겨울에 교실이 물에 잠기니, 아이들을 데리고 도서관으로 피난을 갈 수밖에 없었습니다.

또한 순식간에 일어나는 화재나 교통사고 역시 단란한 가족과 주변 이웃에게 커다란 고통을 안겨주기에 충분합니다. 평소에 최악의 상황에 대비하여 자녀들과 여러 대화와 행동수칙을 연습하는 것이 그나마 유일한 대비책이라 하겠습니다.

특히, 일본의 학생들이 지진에 대하여 반복적으로 훈련하는 것처럼, 아이들과 화재 시, 유괴 시, 침수 시, 교통사고 발생 시 등 다양한 사례에 대하여 서로 토론하고 익히는 것이 반드시 필요한 과정이라 하겠습니다. 사고의 피해를 최소화할 수 있겠지요. 무엇보다도 '응급처치(심폐소생술 등)' 방법을 평소에 틈틈이 훈련하고 장비를 구비하는 것도 필수라 하겠습니다.

이야기가 약간 옆으로 빠졌네요.^^ 그렇다면, 고난에 대하여 조금 더 자세히 알아보도록 하겠습니다. 우리 인생에서 '고'로 시작되는 단어 중에는 무엇이 있을까요? 우선 생각나는 것

을 적어보면, 고난, 고생, 고통, 고뇌, 고독, 고비, 고개, 고역, 고
꾸라짐, 고약한 사람(단어는 아니지만~) 등 거의 좋은 말은 드물고
단어 자체가 힘들며 이미지가 우리를 참 '고단'하게 합니다.

하지만, 분명한 사실은 고난은 우리에게 커다란 유익을 준다
는 것입니다. 아이들에게 각종 시험이 실력을 키우는 계기를
마련해 주듯이, 고난은 어른들에게 또 하나의 시험으로 '성장의
발판'이 됩니다.

또한 겸손하게 자신을 '수구리'하게 만드는 상황을 제공해
줍니다. 만약에 죽을 고비를 넘기고 구사일생으로 살아난 사람
이 그 고난에서 교훈과 깨달음을 얻고 제2의 인생을 살지 못한
다면 이분이 겪었던 구사일생이 무슨 의미가 있겠습니까?

강남스타일, 젠틀맨 등으로 월드스타가 된 가수 싸이 역시,
군대도 두 번이나 갔다오는 등 여러 어려움을 겪은 후에 지금
의 스타가 된 것입니다. 싸이 님의 내공은 '강남스타일'의 화려
한 성공 뒤에 발표한 후속곡 '젠틀맨(알랑가몰라♬)'을 발표하는
순간에도 빛을 발합니다. "비록 젠틀맨이 성공하지 못한다 해

도 '2보 전진을 위한 1보 후퇴'로 삼고 열심히 노력하겠다"라고 기자회견에서 말을 하더라고요.

상황이 어떻게 전개될지 모르는 상황에서는 만반의 대비태세를 갖추는 마음가짐이 필요합니다. 만약에 고난이 자신을 계속 코너로 몰고 가면, 그곳을 밑바닥으로 삼아 점프를 하든지, 탄력으로 삼아 반사적으로 튀어나가서 '삶의 전환점'으로 이용할 수 있어야 진정한 고난에 대한 우리의 대처가 됩니다.

세 번째로 고난에 대하여 탐색할 점은 '고난은 보호막'이라는 사실입니다. 다른 말로 표현하면, 고난은 더 큰 불행을 막아주는 방패막이가 될 수 있습니다. 자신이 겪는 고난으로 말미암아 우리 가족이, 자신의 자녀가 조금 더 평안하게 생활할 수도 있습니다. 어른들은 이런 것을 두고 '액땜'이라는 표현을 사용하셨습니다.

구약성경에서 요셉이 형들에게 팔려 애굽으로 끌려가고, 억울한 누명으로 감옥에 간 고난에 대하여 '하나님이 큰 구원으로 당신들의 생명을 보존하고 당신들의 후손을 세상에 두시려고 나를 당신들 앞에 보내셨나니, 그런즉 나를 이리로 보낸 자는 당신들이 아니요 하나님이시라'(창세기 45장 7~8절)라는 말을 전합니다. 요셉은 기근이라는 더 심각한 고난을 예방하고 이스라엘 민족을 보호하기 위하여 하나님께서 미리 손을 쓰셨다는 의미로 고난을 해석합니다.

위 이야기에서 우리는 고난은 더 큰 고난을 막아주는 '예방 주사'의 역할을 하는 것을 알 수 있습니다. 우리 몸의 면역력을 키우기 위하여, 주사를 맞는 것처럼, 지금의 고난 역시, 더 치명적이고 위험한 고난을 막아 주기 위하여 미리 우리 곁에서 보호막을 치기 위하여 다가온 것이랍니다.

네 번째로 '고난은 잘 나가다가 고꾸라지는 것'입니다. 성경에서 보면 사울이라는 사람이 예수님을 믿는 사람이 잡아서 감옥에 가두는 것에 재미를 붙여서 의기양양하여 또 다른 지역으로 잡으러 가던 중에 다메섹이라는 곳에서 예수님을 만나 고꾸라지는 장면이 나옵니다. 사울은 고꾸라지는 고난을 만났지만, 그 고난은 결국 '사도 바울'이라는 대사도의 반열에 오르게 되는 계기를 마련해 줍니다.

잘나간다고 기고만장하다가 고꾸라지는 경우는 우리 주변에도 종종 일어나는 일입니다. 10년 전 겨울방학 시기에, 학교에서 전교사가 출근하여 새학년 교육과정을 주제로 워크숍을 열었습니다. 다양한 의견들이 오고 가는 중에, 저도 평소의 느꼈던 여러 생각들을 가감없이 발표를 했습니다.

쉬는 시간에 교감선생님이 오셔서 "어쩌면, 그렇게 말씀을 재미있게 잘하세요?"라고 칭찬을 하시고, 주변 선생님들마저 "역시, 이순찬 샘은 언어의 마술사야."라고 치켜세우자 순간, 그만 '평상심'을 잃고 우쭐해지기 시작했습니다.

겨울이라 길이 빙판인데도 불구하고 총각선생님한테 "오늘 퇴근길에 집에 태워다 줄게요."라고 평소에 안부리던 객기도 부렸습니다. 결국 퇴근하던 중에 사거리에서 신호를 착각하여 작은 접촉사고였지만, 가해차량 운전자가 되었습니다. 항상 강조하는 말씀이지만, 잘나갈수록 '방심은 금물!'입니다.

다섯 번째로 '고난은 휴~ 하고 안도감을 느끼게 하는 것'입니다. 작년 가을에 경험하였던 일입니다. 일주일 전부터 왠지 무슨 일이 일어날 것만 같은 불길한 예감이 온몸을 휘감았습니다. 하지만 정확하게 잡히지는 않고 오리무중인 상태로 일주일을 지냈습니다.

토요일 오후에 어느 도시를 방문하여 제가 주차를 하고 내리는데, 차에 동행했던 한분이 운전석 대각선의 뒷자리 차문을 여는 순간에 언덕길에서 내려오는 차가 제차의 문짝을 치는 사고가 일어났습니다. 다행히 양쪽에서 다친 사람은 없었고, 부서진 차량은 보험 처리하여 다음 날 정비소에서 양도받을 수 있었습니다. 사고가 난 그 순간에 당황하거나 놀라야 되는데, 오히려 저는 '휴~' 하고 안도의 한숨이 나왔습니다.

왜냐하면, 일주일 동안 안개 속처럼 보이지 않던 의문의 실체가 비로소 풀렸기 때문입니다. 차라리 고난이 닥치면, 대처를 하거나 신속하게 수습을 할 수 있는데 실체를 모르는 불안한 상태가 오히려 더 견디기가 힘들었던 것입니다.

또한, 중병에 걸려서 투병(고난)을 경험해 본 사람은 일상의 경미한 병에는 호들갑을 떨지 않고 오히려 안도감을 느낍니다. 이렇듯이, 고난을 경험해 본 사람과 그렇지 않은 사람은 그릇의 차이(이해의 폭)가 다를 수밖에 없답니다.

마지막으로 제가 생각하는 고난의 의미는 '적임자適任者임을 인증받는 것'이라고 생각합니다. 수많은 사람이 고난이 자신에게 찾아온 것에 대하여 '도대체 왜 나에게?'라며 괴로워합니다. 고난이 찾아온 이유는 바로 자신이 그 고난을 해결하고 감당하는데, 가장 '적임자'라는 하늘의 뜻이 있었기 때문입니다.

성경에 나오는 민족지도자 '모세' 역시 부귀영화를 누리던 왕궁에서 부르시지 않고 기어이 40세부터 80세까지 40년간의 미디안 광야에서 거친 생활을 겪게 하신 후에 하나님께서 일꾼으로 부르십니다.

축구시합에서 자신의 팀이 패배할 상황에 처해 있을 경우에, 감독(하나님)이 새롭고 안성맞춤인 선수를 투입하여 반전을 꾀하는 것과 같은 이치이기도 합니다. 우두커니 앉아서 더 이상 고난을 두려워만 하지 말고, 누구를 원망하지도 말고 용기를 내어 맞서 상대하세요. 여러분은 하늘의 뜻을 수행하는 선발대이며, 고난의 진지를 처음으로 정복할 수 있는 기동타격대입니다. 이 의미는 개인의 고난뿐 아니라, 가정의 우환이나 공동체의 위기에도 적용됩니다.

가정이나 공동체에 고난이나 시련이 찾아올 경우에, "그래, 우리 가정, 공동체에 이 위기가 온 것은 우리가 적임자이기 때문입니다. 서로 싸우지 말고 한걸음으로 똘똘 뭉쳐서 어려움을 극복하여 한단계 성장할 수 있는 기회로 만드는 책임이 우리 모두에게 있습니다. 당황하지 말고 서로 역할을 분담하고 격려하며 함께 앞으로 전진합시다."라고 선포하고 중심을 잡으며 나아가면 구성원 모두에게 소중한 경험이 될 것입니다.

〔돌발질문〕

한 여성분 (한숨을 내쉬며) 고난에 대한 말씀을 잘 들었습니다. 고난에 대하여 여러 각도로 해석하신 것은 좋은 공부가 되었으나, 우리가 자주 대하는 고난에 대하여는 막상 실질적인 도움이 못되는 것이 현실입니다. 혹시, 교장선생님께서 실제생활에 도움 되는 말씀이 있다면 보충해 주시면 고맙겠습니다.

교장선생님 그런 질문을 하시는 어머님이 되게 낯설게 느껴지네요~(일동 웃음) 하하~ 농담이고요, 참 좋은 질문입니다. 저라고 별 수 있나요? 고난이 오면 그냥 속절없이 당하거나 넘어지는 거지요.(일동 웃음)

다만, 고난이 오는 여러 이유가 있겠지만, 먼저 고난은 '무엇이 소중한지'를 다시 한 번 깨닫게 해주려고 오는 것입니다. 조금 더 깊이 들어가면, 고난보다도 '하늘의 섭리'가 더 크다는 것을 일깨우고자 한치의 오차도 없는 기막힌 타이밍에 하늘에서 기회를 주신 것이라고 간주하길 바랍니다.

　'하늘의 섭리'는 참으로 신묘막측한데요~ 잠깐, 상황의 예를 들어 설명하고자 합니다.

　호수에 떠 있는 배에서 어린 아이가 잠을 자고 있다가 잠결에 호수로 떨어지는 찰나에 부모님이 아이를 잡아서 대롱대롱 매달려 있는 순간이 대부분 영화의 극적인 장면이라고 한다면, 하늘의 섭리는 어린 아이(인간)가 아예 그대로 호수에 떨어져 온몸이 물이 잠기고 마지막으로 손마저 잠길 찰나에 부모님(하늘)이 손을 잡아 물속에서 건져내는 긴박한 장면으로 표현할 수 있습니다. 현실의 고난은 영화의 위기보다 한 발 더 나아가게 만든 후에야, 비로소 피할 길을 내어주는 것이 '하나님의 섭리'입니다.

　성경을 자세히 살펴보면, 아브라함이 아들 이삭을 제단에 바치며 칼을 들 때의 장면, 애굽 군대의 홍해바다 수장사건, 모르드개와 하만 장군의 반전 드라마 등의 수없는 스릴과 서스펜스가 등장합니다. 우리 하나님은 아마도 우주에서 '가장 위대한 영화감독님'이 아닌가?라는 생각이 절로 듭니다. 따라서, 지금

고난의 한복판에 있다면 너무 걱정하지 마세요. 얼마 지나지 않아 건져 올려질 도움의 두레박이 내려올 것입니다.

또 다른 의미에서 고난에 대하여 실질적인 접근을 해보겠습니다. 저 같은 경우에는 고난이 오면 '의미부여'를 합니다. 마치 재테크하시는 분들이 통장을 여러 개로 나누어서 이것은 자녀 학자금 통장, 저것은 노후대비 통장 등으로 의미를 부여하며 통장의 금액을 키워가듯이, 저는 각각의 고난에 이것은 '자녀가 무럭무럭 자라기 위하여 부모로써 마땅히 감내해야 할 고난' 저것은 '2보 전진을 위한 1보 후퇴로 한 단계 성장하기 위한 발판으로서의 고난' 등 같이 의미를 부여하며 피할 수 없는 고난에 대하여는 '기꺼이 감수하려는 마음가짐'을 가집니다.

그렇게 하면, 고난의 눈덩이가 상당부분 작아지는 것이 느껴집니다. 이렇게 하는 또 다른 이유는 고난이 '상대적'이기 때문입니다.

누구에게는 '수술'과 '소송'이 커다란 우환이며 고통이지만, 의사선생님과 변호사님에게는 그저 '일상사'에 불과할 수도 있는 것입니다. 엄청난 고난을 겪은 분에게는, 보통의 작은 고난은 그저 다반사에 지나지 않습니다.

  같은 일도 마음가짐을 어떻게 하느냐에 따라서 천양지차의 결과가 나오는 것과 같다고 볼 수 있습니다. 또한, 그 고난을 이미 경험한 분으로부터 '극복담'을 듣는 것도 참 유익할 것 같습니다. 옛날처럼, 굳이 직접 만나지는 못해도, 인터넷의 카페, 밴드, 블로그나 카카오톡 등을 통하여 소통을 하면 혼자 끙끙 짊어지고 가는 것보다 훨씬 수월하겠다라는 생각을 해봅니다. 어느 정도 도움이 되었나요?

질문 여성분 (약간은 누그러워진 표정으로) 네, 하지만 여전히 의문이 있는데, 왜 많은 사람들이 행복을 원하는데 행복하기는커녕 오히려 고난에 얽매여 대부분의 삶을 살아가는지 정말 궁금합니다.

교장선생님 (옆구리를 아픈 듯이 움켜쥐면서) 앗! 허를 찔렸네요~ 긴장하세요, 저 촉 되게 좋아요~ (일동 웃음) 사람들이 행복하지 못하는 것에는 수많은 이유가 있지만, 가장 큰 이유는 바로 자신의 인생을 살지 못하고 남과 비교하면서 다른 사람의 시선을 필요 이상으로 의식하기 때문입니다.

동물 중에는 사람의 '귀'의 위치에 눈이 있어서 '옆눈'을 가진 종류가 꽤 많이 있습니다. 아마도, 옆에서 갑작스러운 천적이 공격해 올 경우를 미리 대비하기 위한 하나님의 창조 섭리일 것입니다.

하지만, 사람은 눈이 옆에 있지 않고, 정면을 향하는 '앞눈'으로 되어 있습니다. 이것은 아마도 자신의 걸어가야 할 푯대를 응시하면서 묵묵히 앞만 보고 걸어가라는 하나님의 창조 비밀일 것입니다.

그럼에도 불구하고 많은 사람들이 옆눈이 나 있는 동물들처럼 자꾸 옆을 보면서 자신과 비교를 합니다. 또한 다른 사람의 시선에 자신의 소중한 행복과 중요한 선택을 맡겨 버립니다.

자신과 남은 각기 체질과 처해 있는 상황이 다르다는 사실은 망각합니다. 자신이 부러워하는 위대한 그 사람도 남들이 모르는 엄청난 아픔과 상처를 지니고 세상을 힘겹게 살아가고 있다는 평범한 사실을 미처 깨닫지 못합니다. 그저 자신만 불행하고, 위로받아야 하고, 비참한 인생을 살고 있다고 자책을 합니다.

기억하시기를 바랍니다. 모든 사람에게는 나름의 아픔과 상처가 있답니다. 육체 자체가 연약한 존재이기 때문에 완벽한 인간은 존재할 수가 없답니다. 필요 이상으로 다른 사람과 비교하거나 시선을 의식하지 않는 것만으로도 충분히 나름의 행복을 만끽할 수 있답니다.

아~ 시간이 약간 여유가 있네요. 그러면, 고난의 최고봉인 '고통'에 대하여 조금 더 깊이 들어가도록 하겠습니다.

과거 학창시절에 선생님으로부터 체벌을 당할 경우나, 병원에서 주사 맞을 때, 우리는 잠깐이지만, 고통을 경험합니다. 또한 장기적인 고통으로는 고문이 있습니다. 일제 시대의 우리 선조들은 독립운동을 했다는 이유로 숱한 고문을 겪은 슬픈 역사를 지니고 있습니다.

저 같은 경우 학창시절에 '엎드려 뻗쳐'라는 기합을 많이 받왔는데, 그 시절에 느낀 점은 고통을 감해주는 뭔가가 있다는 사실입니다. 그것은 바로 '딴생각'입니다.

학창시절에, 집에 숨겨둔 호빵을 생각하느라, (침을 꼴깍 삼키면서) 수업 시간이 어떻게 갔는지, 하루가 어떻게 갔는지 모르는 경험이 있었을 것입니다.

마찬가지의 원리로 다른 어떤 것에 생각을 골몰하는 '딴생각'을 하는 약간의 기술을 익혀둔다면, 우리를 괴롭히는 상당량의 고통을 해소시킬 수 있을 것입니다.

기합을 받는 동안에 계속해서 현실에 의식을 모으면 고통을 참기가 더욱 어려워집니다. 반면에, 자신의 초등학교, 중학교, 고등학교 등의 학창시절에 대하여 타임머신을 타고 여행한다고 생각하며 당시의 기억들을 새록새록 떠올린다면, 고통의 현실은 상당부분 반감될 것입니다.

여기서 잠깐, 고난에 대한 객관식 문제를 제시하고자 합니다. 마음으로 풀어 보세요!

다음 중 극심한 고난의 한복판에 있는 사람이 가져야 할 올바른 마음
자세가 아닌 것은?

① '자신의 영적성장'을 위한 보약으로 알고 기꺼이 감수한다.

② '왜 나만?'같이 불만이 가득한 마음으로 당사자들을 마구 원
망한다.

③ 자신을 힘들게 하는 사람을 '마음단련'의 은인恩人으로 알고
오히려 감사한다.

④ 더 큰 그릇으로 성장시키려는 '하늘의 뜻'으로 의미를 부여하
며 더 큰 축복을 기대한다.

반드시 기억하기를 부탁드립니다! 모든 고난에는 '영적비밀'이 숨겨져 있답니다. 이 영적인 비밀은 우리를 정금같이 나오게 하기 위하여 아직은 꼬깃꼬깃 숨겨져 있는 것입니다. 따라서 고난이 오면 '오감만족(오히려 감사하고 만족)'의 삶을 살기를 기도합니다. 누군가 저에게 고난이 도대체 무엇이냐고 질문을 하신다면, 저는 이렇게 한 문장으로 대답할 것입니다.

"고난은 마지막 자존심까지 내려놓으라는 하늘의 메시지입니다."

남은 인생을 어떻게 살아야 하냐고요? 제가 선창하겠습니다. 따라서 후창해 주시면 고맙겠습니다.

선창 고난이 오히려 축복이다. 맨처음부터 새롭게 시작하자!

후창 (다같이, 한목소리로) 고난이 오히려 축복이다. 맨처음부터 새롭게 시작하자!

구호를 제창하니 목이 아프시지요? 잠깐 티타임을 갖도록 하겠습니다. 학교에서 각종 과자류의 맛있는 간식을 준비를 하였습니다. 커피랑 같이 드시면서 한 숨 돌리도록 하겠습니다. 일단, 집 밖에 나와서 여행을 하다 보면, 계속 먹어 줘야 힐링이 저절로 됩니다.

(잠시 휴식을 가진 후) 지금부터는 고난 동전의 반대편에 자리잡고 있는 행복에 대하여 살펴보겠습니다. 행복한 국가 순위를 위한 다섯 가지 질문을 '갤럽 세베이2011'에서 발표를 했습니다. 그 내용을 소개하면 다음과 같습니다.

① 어제 잘 쉬었다고 생각하는가?

② 하루 종일 존중받았는가?

③ 많이 웃었는가?

④ 재미있는 일을 하거나 배웠는가?

⑤ 즐겁다고 자주 느꼈는가?

위 다섯 가지 질문에 대하여 긍정적인 답변 비율로,

1위는 파나마, 파라과이

2위는 엘살바도르, 베네수엘라

…

33위는 미국, 중국

우리나라는 97위로 일본 59위보다도 순위가 한참 낮았습니다(출처 2013. 2. 16. 경향신문). 언뜻 생각해보아도, 우리가 다녔던 과거의 학창시절보다 현재가 더 치열하고 각박하다는 것을 모두가 느낄 것입니다.

지금부터는 행복에 대하여 제가 생각하는 여러 의미들을 하나씩 탐색하도록 하겠습니다. 먼저, '행복은 정상궤도(선순환)이고, 불행은 궤도이탈(악순환)'이라고 생각합니다. 방금 전에 말씀드렸던, 부부관계에서 약간의 불화는 있지만 서로 순결을 지키며 가정생활을 영위한다면 정상궤도의 부부생활이지만, 한쪽에서 바람을 피거나 도박에 빠져서 가정을 파탄에 빠뜨린다면 궤도이탈의 불행한 부부 사이가 되겠지요.

등산의 오르막길을 오르다 보면 힘이 들고, 내리막길은 다리가 후들거리는 증상이 옵니다. 반면에 평탄한 길(정상궤도)은 숲을 제대로 만끽할 수 있는 여유를 우리에게 가져다주는 유익이 있습니다. 삶도 마찬가지입니다. 다람쥐 쳇바퀴 도는 평범한 삶이 바로 행복한 것입니다. 그 쳇바퀴 안에 내 사랑하는 가족의 눈동자와 치열한 일터의 숨막힘이 맞물리며 사는 공간이 바로 인생이고 행복이기 때문입니다.

사실은 무탈한 것이 최고의 행복입니다. 제가 평교사 시절에 학부모님께 전화를 드리면, 대부분 깜짝 놀라시면서 첫 마디가 "선생님! 우리 아이가 어디 다쳤나요?"입니다.

제가 중고등학교에 다닐 때 시내버스를 타고 통학을 했는데요. 운전하시는 버스 기사님 좌석 앞유리창의 윗부분에 '오늘도 무사히'라고 적힌 액자(양손을 모은 기도사진)가 걸려 있었습니다.

또한, 기러기 아빠의 애환과 외로움을 눈꼽만큼만 생각해 보아도, 자고 있는 아이의 얼굴을 볼 수 있으며, 품에 안을 수 있는 것 자체가 엄청난 행복이고 축복입니다.

아울러, 선순환은 악을 선으로 변환시킬 수 있는 시점에서 출발합니다. 즉 저주를 차단하는 것이 선순환의 첫단추입니다. 반면에, 악순환은 저주의 굴레 및 반복입니다. 갈수록 불행의 씨앗이 눈덩이처럼 커다랗게 자라납니다. 결국 스스로의 힘으로 어찌할 수 없는 지경까지 이릅니다. 우리 대에서 바르게 살아야 자손에게 복이 갑니다. 성경말씀에도 있습니다.

완전히 행하는 자가 의인이라 그 후손에게 복이 있느니라.

잠언 20장 7절

두 번째로 저는 '행복은 마음을 고쳐 먹는 것'이라고 생각합니다. 제 마음의 한 켠에는 '가난과 외로움의 방'이 존재합니다. 교대를 졸업하고 20대에 첫 발령을 받아서 지금의 와이프를 만난 30세까지 7년간의 지긋지긋한 가난과 죽음보다 깊었던 외로움의 세월을 잊을 수가 없습니다. 고시원 같은 하숙집에서 살 때 제 방 번호는 105호였습니다.

지금도 문득문득 저 자신에게 '어디에서 무엇을 하든지 105호 외로움의 7년을 잊지 말자'는 구호를 되뇌입니다. 그 시절에 비하면 지금은 감지덕지하기 때문입니다.

행복에 대하여 언급하고 있는 수많은 책들과 강연에서 강조하는 것이 바로 '지금 여기에서'입니다. 100% 맞는 말이라고 생각됩니다. '지금 여기에서' 마음을 고쳐먹어야 행복이라는 영역에 접근할 수 있습니다. 결혼하고 나서, 취직하고 나서, 승진하고 나서, 대박 나고 나서 등의 조건이 붙으면 행복은 한 길로 왔다가 그만 일곱 길로 줄행랑을 칩니다.

왜냐하면, 한 단계 계단을 간신히 올라서면, 더 가파른 계단이 기다리고 있기 때문입니다. 평생을 계단 오르기만 하다가 계단 중간에서 생을 마감하고 맙니다.

저의 어린 시절 고향집 주변에는 뱀이 많았습니다. 다니다가 보면 개구리를 잡아먹는 뱀을 심심치 않게 볼 수 있었습니다. 참으로 인상 깊었던 것은 다리부터 잡아먹힌 개구리의 몸이 절반쯤 뱀의 입속에 들어간 상태에서도 눈을 깜박이며 여전히 멀

쩡하게 살아 있는 장면입니다. 그 개구리의 눈과 마주치면 저에게 이렇게 말하는 것 같았습니다.

"나 개구리는 이제 열심히 살았던 이 세상을 뒤로 하고, 먹이 사슬의 구조에 따라 어쩔 수 없이 저 세상으로 간다. 아무쪼록 너는 남겨진 삶을 열심히 살기 바란다."

선택의 여지가 없이 그냥 그대로 잡아먹히는 개구리조차도 죽어가는 순간에 담담하게 눈을 깜박거리더라고요.

반면에, 우리는 선택의 여지가 수없이 많은 인생이 남아 있습니다. 정말로 행복하고 싶다면, '지금도 충분히 행복한 삶'을 '지금이 최고로 행복한 삶'으로 마음을 고쳐먹어야 합니다. 또한, 지금이야말로 가만히 주저앉아 있을 때가 아니고, 벌떡 일어나서 다시 시작하는 '기립의 정신'이 필요하답니다. 마음을 고쳐먹는 순간에 행복은 밀물처럼 우리 마음에 차고 넘칠 것입니다.

세 번째로 '행복은 체질과 생활이 서로 맞아야 하는 것'입니다. 속된말로 서로 아귀가 맞아야 합니다. 아무리 비싼 신발이라도 왼발과 오른발을 바꿔서 신을 신으면 불편하기 짝이 없습니다. 실제로 지금 바꿔 신고 일어나 보세요! 불편한 느낌이 들 것입니다. 마치 씨줄과 날줄이 조화롭게 얽혀져야 아름답고 멋진 수를 놓듯이 행복 역시 체질과 생활이 맞아야 찾아오는 손님입니다.

[탁구공&골프공 이야기]

어느 날 탁구공이 골프공에게 따졌습니다.

"뭐야 나는 좁은 실내에서 고생하는데, 너는 드넓은 초원에서 맑은 공기를 마음껏 마시며 호강하는 거야! 에잇, 나도 너처럼 골프장에 나가서 자연을 만끽할 거야."

그래서 자신이 있어야 할 탁구장을 떠나서 골프장에 나갔다가 골프채에 맞아 그만 운명을 달리했다는 제가 창작한 슬픈 이야기였습니다.

럭비공은 럭비공의 역할이 있고, 야구공은 야구공의 역할이 있습니다. 간혹, 운전을 하고 가다 보면, 차는 우리나라 차인데,

유명 외제차 로고를 붙여 놓은 경우를 발견하게 됩니다. 전혀 어울리지 않다고 생각됩니다.

'금가루도 눈에 들어가면 티끌에 불과하다'는 격언이 있습니다. 일터에서 체질과 생활이 맞지 않는다면, 개인적 사생활의 영역인 취미나 종교생활 면에서라도 자신의 체질에 맞는 삶을 추구해야 어느 정도 숨통이 트여 생활을 영위해 나갈 수 있습니다.

네 번째로는 행복은 '신중함'과 비례할 수밖에 없습니다. 일반적으로, 행복이 자유로운 것과 여유로움 등과는 관련이 있다는 말씀은 많이 들었을 것이지만, '신중함'은 의외로 생각하실 것입니다. 요즘 여러 개의 책 제목이 '○○의 힘' 등이 많은 사람들로부터 사랑을 받고 있습니다. 저보고 '○○의 힘'에 관한 책을 내보라고 한다면, 저의 책 제목은 '신중의 힘'이 될 것입니다. 여기서 '신중'이라는 것은 '한 번 더 생각하고 말하고 행동하며 선택하기' 등을 의미합니다.

다음은 어린 시절 고향교회에 오신 어느 목사님이 들려주신 예화입니다. 어떤 사람이 지방출장을 갔다가 집에 와서 보니, 자기 와이프가 다른 남자랑 같은 방에서 자고 있더랍니다. 그래서 순간적인 분노로 말미암아 칼을 가지고 세상 모르게 자고 있는 두 사람을 찌르려고 하다가 '신중하자'라는 말이 떠올라 두 사람을 고함지르며 깨웠답니다.

두 사람의 해명인즉, 결혼할 당시에 군대에 가 있어서 결혼식에 참석하지 못한 부인의 친동생(처남)이 휴가를 나와 누나의 신혼집에 놀러 왔던 것이었습니다. 무턱대고, 두 사람에게 칼을 휘둘렀다면, 어떻게 되었을까요? 생각만 해도 끔찍합니다.

정치인, 스타연예인 등이 경솔하고 성급한 언행으로 국민들의 지탄을 받은 것은 굳이 예를 셀 수 없을 정도입니다. 사실, 우리 주변의 크고 작은 모든 사건들도 우리가 신중하지 못하고 경거망동하여 일어나는 일들이 비일비재합니다. 우리가 해야 하는 말, 행동, 선택에 대하여 '신중하게' 한 번 더 생각하고 처신한다면, 우리는 지금보다 훨씬 더 지혜롭고 행복한 삶을 살 수 있을 것입니다.

마지막으로 행복이 저절로 찾아오게 하는 비법이 존재합니다. 그것은 바로 '누군가에게 유익을 주는 삶'을 사는 것입니다. 유모차를 끌고 오는 젊은 아줌마를 길에서 마주치면, 스쳐지나가며 '아가야, 너를 축복한단다. 너의 인생이 많은 사람들에게 유익을 주는 좋은 인생이 되길 바란다. 건강하고 지혜롭게 자라나길 바란다.' 마음으로 기원해 주기를 바랍니다. '뭐야, 젊은 새댁이 벌써 쌍꺼풀에 코까지 고친 거야?'라고 판단하지 말고요(일동 웃음).

몇 년 전에 경매가 유행인 적이 있었습니다. 흔히 하는 말로, 경매가 유행일 때 가장 돈을 많이 번 곳이 바로 경매학원이라고 합니다. 미국의 금광개발이 한창일 때도 돈으로 재미를 본 사람은 바로 금광 옆 식당주인이라고 합니다. 이렇듯이 다른 사람의 꿈을 이루어 주는데 도움을 주고 유익을 주는 것이 오히려, 복받고 본인의 꿈(Dreams Come True, 줄여서 D.C.T)을 이루는 가장 빠른 길이라고 생각이 되네요.

〔돌발질문〕

한 청중 (호기심 가득한 표정으로) 행복에 대하여 이번 시간에 여러 말씀을 하셨는데, 아이들이나 저희가 실생활에서 쉽게 적용할 수 있는 행복한 방법이 있다면 알려주시면 고맙겠습니다.

교장선생님 먼저, 좋은 질문을 해주셔서 감사드립니다. 우리나라 교육의 가장 큰 문제점은 협력이나 협동보다는 '경쟁'이 유난히 강조되는 시스템에서 생활하고 있는 것입니다. 지금도 교장실에 들르는 학부모님들과 대화를 하다 보면 알게 모르게 경쟁의식에 많이 좌우되는 것을 느낍니다. 이러한 부정적인 생각이나 감정을 순화시키는 방법은 긍정적인 언어를 의도적으로 많이 사용하는 것이 좋습니다.

예를 들어, 아이들에게도 '~보다' 등의 비교하는 말보다 누군가를 벤치마킹하는 '~처럼', '~같이' 등의 말을 될 수 있으면 많이 해주세요. 예전에 제가 낸 책의 처음 광고카피도 '카톡보다 친근하고, 영화보다 재밌는~'을 어느 날 느낀 바가 있어서 '카

톡처럼 친근하고, 영화같이 재밌는~'으로 바꾸었습니다.

　어른들 역시 평소 생활에서 부정적 성격이 강한 '누구 때문에~'를 긍정적 성격이 드러나는 '누구 덕분에~'로 의도적으로 바꾸어 사용할 필요가 있습니다. 왜냐하면 '말 한마디'는 그 사람을 평가하는 수단이 되기도 하지만, 자신과 상대방의 행복과 불행을 결정짓는 역할도 하기 때문입니다.

　〔질의응답〕

　한 청중 (주저하시다가) 요즘 방송이나 인터넷을 보면 많은 범죄기사가 난무하는데, 그중에서도 가족끼리의 흉측한 범죄가 유난히 많이 나와 더욱 사회를 각박하고 흉흉하게 만드는 것 같습니다. 특히 부부 사이도 예전같지가 않은 가정이 많은 것이 현실입니다.

　참고로, 저희 부부가 안 좋다는 것은 아닙니다(일동 웃음). 그렇지만, 주변에 보면 무늬만 부부인 경우도 많고, 또 다른 가족의 축인 자녀와의 관계에 있어서도 행복한 가정은 가뭄에 콩

보듯이 드문 것이 실정입니다. 교장선생님은 이런 현실에 대하여 좋은 생각이나 대안을 제시해 주시면 감사하겠습니다.

교장선생님 좋은 질문을 해주신 것에 대하여 먼저 감사드립니다. 먼저, 행복의 기초는 '부부관계'입니다. 갈수록 부부관계가 소원해지는 것은 신혼시절의 불같은 사랑이 어느새 식어버리고 각자에게 주어진 삶을 터벅터벅 걸어가면서 자연스럽게 나타날 수 있는 현상입니다.

제가 생각하는 행복은 아침에 일어나 해야 할 일이 있으며, 밤에는 두 다리 뻗고 가족끼리 단란하게 자는 것이라고 생각합니다. 반면에 불행은 해야 할 일이 있는 일터나 단란해야 할 가정에서 서로 불협화음이 일어나는 것이라고 생각합니다.

잘 살펴보면 행복은 일과 가정에서부터 나오는 경우가 많고 불행은 생활하는 장소에서 일어나는 불화 때문인 경우가 많습니다. 특히 행복과 불행의 원천인 가정이 요즈음 파괴되고 있는 안타까운 실정에 있습니다. 부부관계는 파탄 직전에 있거나 겉으로 보기에만 부부인 경우가 많은 것이 현실입니다.

여기서 잠깐, 부부관계에 대한 객관식 문제를 제시하고자 합니다. 마음으로 풀어보세요!

귀하는 현재 어느 단계의 부부관계를 살아가는지 고르세요?

① 하염없이 : 배우자로 전무후무한 악질을 만나 평생을 눈물로 지새우며 보낸다.

② 마지못해 : 마음속은 이미 피멍이 들었지만, 말 그대로 자식 때문에 살아간다.

③ 도찐개찐 : '그 사람이 그 사람이지!, 별 사람이 있어?'라고 체념하고 지낸다.

④ 알콩달콩 : 나의 부족함을 채워주는 천생연분을 만나 깨가 쏟아지게 행복하다.

위 문제에서 굳이 물어보나마나 1, 2, 3번이 대부분일 것입니다. 왜냐하면 문제없는 부부는 없을 뿐 아니라, 사랑의 감정은 지

극히 잠깐이요, 살아가면서 냉혹한 현실과 직면해야 하기 때문이
지요. 그때마다 서로에게 상처를 주는 일이 많았을 것입니다.

그럼에도 불구하고 부부관계가 행복해야 우리 인생이 행복
할 수 있기에 항상 삶의 우선순위를 부부 위주의 삶으로 살아
가야 하는 것이 우리의 현실입니다.

부부관계를 회복시키려면, '소중함&하찮음'의 가치를 깨달아
야 합니다. 상대방이 소중하게 여기는 것을 자신은 하찮게 여
기면서 파열음이 시작되는 것이 부부관계이기 때문입니다.

반면에, 자신이 소중하게 생각하는 것을 상대방도 소중하게
여겨 준다면 상당부분 금슬이 좋아질 수밖에 없답니다. 그렇지
않아도, 살기가 만만치 않은 어려운 시절에 둘이 똘똘 뭉쳐도
헤쳐나가기가 힘겨운 세상에서, 돈독한 부부관계는 행복의 지
름길이라고 할 수밖에 없겠습니다.

당장, 내일 집으로 돌아가서 배우자나 가족들에게 "그동안
여러모로 부족한 나와 사느라 고생 많았어요. 제가 알게 모르
게 상처준 것에 대하여 진심으로 사과할게요. 앞으로 우리 서

로 '상처를 싸매 주고, 마음을 어루만져 주는 부부(가족)'로 살아 가도록 합시다."라고 말하거나 쪽지에 써 보세요.

저는 여러분이 속으로 무슨 생각하는지 다 알고 있습니다. '소용없어요! 우리 남편(부인)이 얼마나 별나고 유난스러운데 요!!'(일동 웃음) 맞습니다. 하지만 그러한 유별난 점에 매력을 느껴 결혼까지 골인한 것이랍니다.

부부는 일란성 쌍둥이가 아니랍니다!!! 부부 사이의 '다름'은 불행, 불화의 요인이 아니고, 오히려 존중과 배려의 대상이 되어야 합니다. '상대방의 입장을 얼마나 잘 헤아려 줄 수 있느냐' 가 바로 부부 사이의 관건이랍니다.

다만, 희망적인 현실은 남편과 아내가 공히 소중하게 여기는 최고 가치가 있으니, 그것은 바로 '금쪽 같은 자녀'입니다. 배우자에게 직접적으로 "여보 멋져부러요~"라고 하면 대부분의 배우자들은 속으로 '이 사람이 뭘 잘못 먹었나?'라고 반응을 보일 것입니다. 따라서, 배우자를 칭찬할 경우에는 자녀를 통해서 칭찬하는 것도 좋을 것 같습니다.

예를 들어, 남편이 듣는 곳에서 자녀에게 "너희 아빠는 여전히 멋지고 매력이 넘치는 남자란다~."라는 등의 칭찬을 하면 효과가 배가 될 것입니다. 겉으로는 안들은 척 신문을 뒤적이겠지만, 속으로는 '으하하하~, 역시, 사람 볼 줄 아는구면~.' 하면서 회심의 미소를 지을 것입니다(일동 웃음). 여기에서 가장 중요한 낱말은 '여전히'라는 낱말입니다. 나이를 먹어갈수록 가장 민감하게 다가오는 단어이기 때문에 상대방을 칭찬할 경우에 '여전히'라는 말을 넣어주시면 최대효과를 보일 것입니다.

아울러 아이들을 칭찬할 때에는 '역시'라는 말을 많이 사용해서 칭찬해 주면 효과가 배가 됩니다. 예를 들어, "역시, ○○이는 최고구나!", "역시, 우리 딸은 자랑스럽구나!" 등이 있겠습니다. 이런 칭찬을 듣는 배우자나 자녀들이 얼마나 기분이 좋겠습니까? 가정의 행복은 다른 데 있는 것이 아닙니다. 더 이상 불화로 인하여 방황하거나 이상한 곳을 찾아 헤매거나 희한한 비법을 연구하지 마세요. 상대방을 '우쭐거리게 만드는 것'이 바로 가족행복의 비법이랍니다.

　　여러분이 '너무 상투적인 답변이야'하는 표정이 역력하기 때문에 행복한 가정을 만들기 위하여 당장 실천할 수 있는 방안을 몇 가지 제시해 보도록 하겠습니다(일동 웃음).

　　먼저, 부부 사이에는 '포인트 적립제'를 도입하면 어떨까요? 예를 들어, 아내가 시댁에 가서 여러 수고를 아끼지 않았다면 남편이 포인트 10점을 발행합니다.

　　반면에, 남편이 처가의 집안행사에 가서 많은 노력을 했다면 아내가 포인트 10점을 발행합니다. 이런 방식으로 서로 포인트를 누적하여 30점이 되면 상대방의 부탁을 들어주는 것입니다.

　　만약에, 남편이 교회에 안 나가서 속을 끓이고 있는 아내가 있다면 당장 오늘 저녁부터 맛있는 청국장을 끓여서 포인트를 받아내시기 바랍니다(일동 웃음).

　　아울러 가정의 또 하나의 축인 부모와 자녀사이에는 '쿠폰제'를 도입하면 어떨까요? 우리가 한 푼이라도 아끼려는 심산으로 쿠폰과 관련된 가게나 마트를 찾게 되듯이, 어린이날, 어버이날, 가족의 기념일에 각종 쿠폰을 발행한다면, 대화가 없이

삭막한 지금의 가정보다는 훨씬 더 활기찬 패밀리가 될 수 있을 것입니다. 쿠폰을 발행하는 방법은 백지수표에 금액을 적고 자필로 서명하면 효력을 발휘하듯이, 작은 종이 쪽지에 내용과 서명을 하면 됩니다. 각서는 아니고요(일동 웃음).

제가 평교사 시절, 담임을 맡은 경우에는 특별상으로 다음과 같은 쿠폰 5장을 학급의 아이들에게 발행하여 주었습니다.

① 급식 1등 먹기 ② 간식 가져와 먹기 ③ 하루 청소면제권 ④ 숙제 1일 면제권 ⑤ 하루 자리 선택권 등입니다. 아이들이 종업식하기 전까지 자신이 원하는 날짜에 쓰도록 하고 있습니다.

가정에서는 30분 가족회의 소집권, 온가족 영화관람권, 가족나들이 요구권, 외식시 종류결정권 등 각자의 상황에 맞게 쿠폰의 내용을 제시하며 발행하면 좋을 것 같습니다.

또한, 시부모님이나 장인, 장모님께도 10분 전화통화권, 건강검진료 지불요구권, 보약청구권, 온집안 회식요구권 등을 발행하여 드리면 색다른 즐거움을 맛보시며 흐뭇해하실 것 같습니다.

쿠폰의 아래에 '유효기간은 발행일로부터 6개월 이내, 훼손

시 사용불가, 양도불가' 등을 써넣으면 더욱 재밌고 유쾌한 가족이벤트가 될 것 같습니다.

이제 행복에 대한 결론을 말씀드리고자 합니다. 지금 당장 행복하고 싶다면 '소중함의 가치'을 깨달아야 합니다.

저희 집 손주가 유치원 시절에 겪은 이야기입니다. 어느 날 제가 사는 집의 대문에 5세반 태권도반을 모집한다는 광고지가 붙어 있었습니다. 집 주변의 태권도 도장에서 부착한 것이었습니다. 그 주의 토요일 10시까지 도장으로 나오면 된다는 안내에 따라서 해당 장소에 우리 아이를 데리고 갔습니다. 가서 보니, 우리 손주 외에는 한 명도 보이지가 않았습니다.

어떻게 된 일이냐고 태권도 관장님께 여쭤보았습니다. 관장님께서 하시는 말씀이 "광고지를 5천 부 제작하여 각 집마다 붙였더니, 10통의 전화문의가 들어왔는데, 막상 오신 분은 1명밖에 없네요."라고 답변을 하셨습니다.

결국 5세반 태권도반은 인원 미달로 폐지되고 말았습니다.

학원, 도장 등은 서로 아이들을 데려오기 위해 양질의 서비스를 최대한 베풀기 위하여 얼마나 많은 노력을 할 것인가?에 대한 상상이 저절로 되었습니다. 제가 그 일을 겪으면서 느낀 점은 저를 포함하여 학교현장에서는 '아이들 한 명, 한 명의 소중함의 가치에 대하여 상당히 무디어 있는 것이 아닐까?'라는 점입니다. 아침에 출근하면 자동으로 아이들이 모두 등교해 있습니다. 누군가 한 아이가 아프거나 하면 통상적으로 결석이나 조퇴 처리를 하면 됩니다. 저 역시, 그렇게 교직생활을 해왔습니다.

그런데, 태권도반의 일을 경험하고는 약간의 변화가 찾아왔습니다. 아침에 아이들의 눈동자를 마주 대하는 것이 얼마나 소중하고 고마운 일인지요? 그 아이 한 명, 한 명이 모두 자녀이며 손주라는 생각이 들 때마다, 애틋한 마음에 괜시리 눈물이 납니다. '잘 자라줘서 고맙구나~, 무사히 등교해서 마주대하니 참 행복하구나~ 오늘 하루도 좋은 하루 보내자꾸나~' 소중함을 모르면, 결국 함부로 대할 수밖에 없지만, 소중함을 깨달으면, 자동으로 고마움이 생겨나는 것이 세상의 이치랍니다.

(갑자기, 박수 짝짝짝짝) 대부분 학부모님이라 그런지 여러 이야기 중에서 박수소리가 가장 크네요~ 특히 어머님들이 크게 치시네요(일동 웃음).

(삐리삐리♪ 삐리링♬) 드디어 종이 울리네요. 이번 시간의 주제가 '살얼음판, 눈물이 난다'입니다. 아무쪼록 눈물이 슬픔과 괴로움의 눈물이 아니라, 기쁨과 행복의 눈물이 되기를 기원합니다. 기운내시고 아자~ 화이팅입니다. ^^

(머리 위로 손을 올려서 크게 하트♡ 모양을 만들며) "사랑합니다~, 사랑합니다~."

칠판에 적힌 요약서 : 특강2편

살얼음판, 눈물이 난다

고난편

1 고난은 '동물원의 비단뱀' 같은 존재입니다.

2 고난은 어른들에게 또 하나의 시험으로 '성장의 발판'이 됩니다.

3 고난에 대하여 탐색할 점은 '고난은 보호막'이라는 사실입니다.

4 고난은 '잘나가다가 고꾸라지는 것'입니다.

5 고난은 '휴~ 하고 안도감을 느끼게 하는 것'입니다.

6 고난의 의미는 '적임자適任者임을 인증받는 것'입니다.

7 불행의 이유는, 남과 비교하거나 남의 시선을 너무 의식하기
  때문입니다.

8 고통을 줄이기 위해서는 '딴생각'을 지속적으로 하면 효과가
  있습니다.

9 고난은 마지막 자존심까지 내려놓으라는 하늘의 메시지입니다.

행복편

1 행복은 정상궤도(선순환), 불행은 궤도이탈(악순환)로 표현될 수
  있습니다.

2 행복은 지금 당장 마음을 고쳐먹는 것입니다.

3 행복은 체질과 생활이 서로 맞아야 하는 것입니다.

4 행복은 신중함과 비례할 수밖에 없습니다.

5 행복은 누군가에게 유익을 주는 삶을 사는 것입니다.

6 행복하려면 긍정적인 언어를 의도적으로 많이 사용해야 합니다.

7 부부끼리는 '여전히', 자녀에게는 '역시'라는 용어를 넣어
  칭찬하면 좋습니다.

8 가족이 행복하려면 상대방을 우쭐거리게 만들어야 합니다.

9 부부 사이는 '포인트 적립제', 자녀 사이는 '쿠폰제'를 도입하면
  효과가 있습니다.

10 행복은 '소중함의 가치'를 깨달아야 비로소 우리 곁에 옵니다.

마음교무실 Tip

서른을 갓 넘은 제자들에게

어제 준이에게 너희 모임이 있다는 연락을 받고 선약이 있
어 못가는 미안한 마음에 부랴부랴 이렇게 글을 남긴단다.
그 당시에 우리 반이 6반하고 남자는 축구, 여자는 피구시
합을 참 많이 했었지? 선생님이 스포츠 경기 심판을 볼 때
마다 느끼는 것이 있어서 소개를 하고 싶구나!

경기를 하는 도중에, 골을 먼저 먹은 팀을 보면 두 종류
로 확연하게 나뉜단다. 서로 네 탓이라고 싸우는 팀과 서
로 격려하며 용기를 북돋아주는 팀. 대부분의 경우에 서로
네 탓이라고 싸우는 팀은 조금 있다가 다시 또 골을 허용
하는 경우가 많단다. 서로가 감정이 상하여 자신의 기량도
발휘하지 못할 뿐 아니라, 스포츠 경기에서 중요시되는 팀
워크가 이미 상실되었기 때문이란다.

반면에, 골을 먹었지만 서로 격려하며 전략을 새롭게
짜서 도전하는 팀이 역전하는 경우가 많단다.

인생도 마찬가지란다. 고난과 어려움이 우리에게 먼저 선방을 날려도, 가족과 공동체가 서로 비난하지 않고 격려하며 팀워크를 정비하고 새로운 전략을 세워 나갈 때, 그러한 고난과 어려움은 성장을 위한 발판과 밑거름이 된단다. 그런 의미에서 선생님은 사랑하는 제자들이 자신이 속한 가정과 공동체에서 '트러블 메이커'가 되지 말고, '피스 메이커'가 되기를 기도한단다.

선생님 집의 젓가락 통에는 쇠 젓가락과 나무젓가락이 같이 꽂혀 있단다. 보통 식사할 경우에는 가리지 않고 손에 집히는 젓가락을 사용한단다. 두 종류 모두 밥을 먹는 동안에는 차이가 없기 때문이지.

하지만, 식사를 하고 설거지통에 젓가락을 넣는 순간에 두 개의 젓가락은 확연히 차이가 난단다. 쇠 젓가락은 곧바로 가라앉고, 나무젓가락은 물에 둥둥 뜨게 되지. 사람 역시 평소에는 다 같은 사람처럼 보여도, 시련 앞에서는 둘로 쫙~ 갈라지게 되어 있단다. 그대로 주저앉는 사람과 아무렇지도 않은 듯이 벌떡 일어나 앞으로 나아가는 사람이지. 너희는 언제, 어디서든지 '기립의 정신'을 가지고 살아가기를 바란다.

사랑하는 제자들아~ 선생님은 또한 너희가 행복하게 인생을 살아갔으면 좋겠구나! 행복한 인생을 살려면 그 당시 우리 반의 급훈처럼 '바르게, 사랑으로, 꿈을 가지고' 살면 된단다. '바르게'는 당연히 자신의 인생길을 올바르게 방향을 향하여 살아가는 것을 의미한단다. '사랑으로'는 사람을 포함하여 모든 우주 만물과 사이가 좋은 관계를 의미한단다. '꿈을 가지고'는 너희가 살아있는 한은 희망의 끈을 놓지 않고 매일 조금씩이라도 노력하는 삶을 의미한단다. 글로만 인사해서 미안하지만, 알지? 선생님이 너희를 얼마나 사랑하는지… 다른 친구들에게도 안부 전해 주길 바란다. 그럼 이만, 안녕~

"너나 잘하세요~"

(출처_영화 ‘친절한 금자씨’ 대사에서)

마음
리조트

:혁신편

절호의
기회

항상 혼자였던 수민이에게 전혀 모르는 룸메이트와의 동침(?)은 새로운 사람을 사귈 수 있는 계기가 될 수 있었다. 가이드가 마음리조트에 도착하자마자 프론트에서 각 방에서 묵을 카드키를 나누어 주었다.

수민이는 엘리베이터를 타고 10층에서 내려 3호방에 들어감과 동시에, 베란다로 가서 대형유리문을 열어젖혔다. 리조트의 10층에서 내려다 본 전망은 좋았다. 왼편으로는 미니 골프장이 있었고, 오른쪽으로는 수채화 같은 호수가 펼쳐져 있었다.

불과 24시간 전에는 어머니의 잔소리를 양념삼아 이불 위에서 뒹굴뒹굴하던 자신의 모습이 떠올랐다. 역시, 사람은 내일을 모르는 것이었다.

잠시 뒤, 노크와 함께 중년의 남자가 들어왔다. 비로소 40대 중반의 룸메이트를 처음으로 만날 수 있었다.

"처음 뵙겠습니다. 저는 얼마 전 IT회사에서 근무했던 33세 최수민이라고 합니다. 잘 부탁드립니다."

"아~ 그러세요?, 나는 나이는 45세이고 얼마 전까지 택배기사로 일을 하다가 지금은 일을 잠깐 쉬고 있는 김대경이라고 합니다."

객실의 냉장고에 비치된 드링크를 나누어 먹으며 서로 이야기를 나눌 수 있었다. 김대경 기사님이 들려준 택배 일에 대한 여러 이야기를 들어보니, '사람들이 참 열심히 사는구나'라는 생각이 저절로 들었다.

물류창고로 아침에 하루 10만 개 전후의 물건들이 쏟아져 들어온다고 한다. 이것을 수백 명의 택배기사님이 분류를 한 후에 하루 120~200개를 소형트럭에 싣고 각 가정에 배달을 한단다.

업체끼리 경쟁이 심하여 물건 1개당 기사 수수료는 이전의 1천 원이 무너지고 800원(부가세 빼면 700원) 전후가 된다고 한다. 물건을 배달하다 보면 식사 시간조차 아까워서 신호를 대기하는 차 안에서 김밥이나 붕어빵으로 끼니를 해결하는 경우가 비일비재하다고 한다. 그렇게 시간을 아껴가며 일을 해도 보통 밤 9시가 넘는 날이 많다고 했다.

그나마 다행스러운 점은 택배시장이 매년 20%씩 성장한다는 것과 열심히 일한 만큼 본인이 수익을 더 많이 가져가는 분야라고 알려주었다. 택배를 받은 고객이 물건을 받으면서 친절한 인사말과 함께 음료수를 건네줄 때에는 잠시나마 피로가 싹~ 가신다고 하였다.

이번 여행을 통하여 재충전한 다음에는 그동안 모은 돈으로 고향에 내려가 편의점을 개업할 계획이 있다고 하였다. 수민이가 편의점 사업이 궁금하다고 하자 룸메이트는 하하 웃으며 편의점에 대한 몇 가지 시사점을 알려주었다.

먼저, 편의점 사업을 하려면 시장(유동인구, 거주자 구성비율 등)을 철저하게 분석해야 한다고 하였다. 비단, 편의점뿐 아니라 모든 가게를 개업할 때도 마찬가지일 것이다.

다음으로 브랜드가 있는 편의점의 가맹점으로 계약을 할 경우에는 본사의 입지전략팀에서 1차 검증을 한다. 이후에 임원

급 분들이 직접 현장에 나와서 점검을 하며 최종적으로 승인위원회에서 경영주의 수익분석을 위주로 승인여부를 결정한다고 하였다.

편의점 운영방식에는 보통 경영주가 직접 임차하는 경영주 직접임차(순수가맹)가 있고, 본부에서 직접 임차하는 본부임차(위탁가맹)이 있다. 일반적으로 경영주 직접임차는 매출액의 대략 65% 정도를 경영주가, 35% 정도를 본사가 가지고 가며, 본부임차는 경영주가 45% 내외를, 본사가 65%(임대료를 본사가 부담하기 때문)으로 수익을 나눈다고 한다. 물론 이것은 투자금액에 따라서 수익을 나누는 것이 천차만별일 것이다.

창업하는 순서는 ①창업상담→②가맹지원→③점포소개(상권분석 보고서)→④가맹계약→⑤경영주 교육(10일 정도, 운영이론+실습교육)→⑥편의점 오픈(본사에서는 지원담당자 파견) 등으로 이루어지는데, 공정거래위원회에서는 14일간의 숙고기간을 거치게 함으로 다시 한 번 신중을 기한다고 하였다.

수민이는 평소 편의점에 대하여 궁금했던 것을 질문하였다.

"대부분의 편의점이 야간에도 문을 열고 24시간을 운영하는데 야간영업에도 무슨 기준이 있는지요? 또한 어려운 점은 무엇이 있는지요?"

개업을 준비하는 룸메이트는 갑작스러운 질문에도 막힘이 없었다. 야간영업은 야간 매출이 전체 매출의 15%가 넘으면 야간에도 문을 열고, 그 미만일 경우에는 문을 닫는 경우가 일반적이라고 대답을 해주었다.

또한 편의점을 여는 것에 신중한 이유는 ①경험부족, ②종업원 관리, ③경쟁사 편의점과의 마케팅 승부 등을 꼽았다. 아마 다른 장사도 마찬가지일 것이다. 수민이는 갈수록 치열해지는 시장에서 살아남기 위하여 어쩌면 지금의 마음여행이 재충전의 기회가 될 수 있을 것이라고 말씀을 드렸다.

마음프론트 : 풀이편

　잠시 휴식을 취하겠다고 하는 룸메이트 형님을 뒤로 하고 수민이는 1층의 프론트로 내려왔다. 마침 가이드도 서성거리고 있었다. 스타벅스에서 녹차라떼를 한 잔 테이크아웃한 후에 가이드에게 건네며 말을 걸었다.

　"안녕하세요~, 저는 최수민이라고 합니다. 나이는 33세입니다"

　"네~ 저는 박서연이고 29살입니다"

　순간 수민이의 뇌리를 스치고 지나가는 단어는 '아홉 수'였다. 그러고 보니, 무슨 맞선자리 같아서 금세 분위기가 서먹해지며 대화가 끊겼다.

　얼굴이 빨개져 가이드가 식당 쪽으로 이동을 한 사이에 천천히 프론트 주변을 둘러보았다. 여기에도 여러 낱말 풀이들이 곳곳에 전시되어 있었다. 녹차라떼 영수증 뒷면에 역시 아래와 같은 풀이들을 적어 보았다.

마음클릭 1 : 시스템

파이프관 안에서는 뱀조차 반듯하게 기어가야 하는…

아우디 원 네 개가 연관된 것처럼, 개인, 가정, 사회, 국가가 얽히고 설킨…

마음클릭 2 : 혁신

계란의 노른자는 놔두고 흰자의 색깔을 몽땅 바꾸는…

마음클릭 3 : 전환

각도를 45도 틀어 관점을 바꾸는…

마음클릭 4 : 결심

맨땅에 헤딩하는 각오로, 어금니를 꽉 깨무는…

마음클릭 5 : 결단

니퍼로 전선을 잘라내듯이, 위험을 기꺼이 감수하는…

마음클릭 6 : 성실&혁신

성실 : 지금보다 15분 일찍 출근하는…

혁신 : 그 15분을 어떻게 활용하느냐에 따라서 결정되는…

마음클릭 7 : 상관上官

직원들이 느슨한 꼴을 용납하지 못하는…

마음클릭 8 : 비즈니스

하루에도 몇 번씩 천당과 지옥을 오가는…

마음클릭 9 : 낙인

합리적 보수주의자를 '수구꼴통'으로, 온건적 개혁주의자를 '종
북좌파'로, 중간지대에 있는 사람을 '회색분자'로 단정 짓는 사
회에서, 오로지 '극우파, 극좌파'들만이 판을 치는…

마음클릭 10 : 기득권

변화에 대하여 유난히 '알레르기' 반응을 보이며 거부반응을 보이는…

마음스위트룸 : 코디편

갑자기 프론트 직원이 다가오더니 주변의 사람들에게 23층의 스위트룸을 안내할 테니 구경할 사람들은 지금 엘리베이터 3호 앞으로 모이라고 하였다. 수민이는 호기심이 발동하여 즉시 엘리베이터 3호 앞에 섰다. 3호는 초고속으로 운행하는 23층의 스위트룸 전용 엘리베이터였다.

스위트룸 앞에 서자 수민이는 앞으로 5년 안에는 자신도 이런 곳에서 묵고 말리라는 객기가 분출됨을 느끼고 스스로 놀랐다. 드라마에서나 등장할 법한 화려한 장신구와 넓은 거실이 구경 온 사람들의 눈을 압도하였다. 안구가 저절로 정화되는 것이 느껴졌다. 스위트룸의 백미는 역시 화장실이었다. 온갖 금빛의 향연들이 화장실 안에 펼쳐져 있었다.

스위트룸의 침실을 살짝 열어보니, 역시 금빛 액자에 다음과 같은 구절들이 적혀 있었다. 얼른 휴대폰을 꺼내어 사진으로 촬영을 하였다.

마음코디 1 : 중요할수록

· 중요한 선택을 하는 경우에는 '신중하고 지혜롭게'

· 중요한 이웃을 대하는 경우에는 '감사하며 따뜻하게'

· 중요한 결과를 기다리는 경우에는 '의연하고 담담하게'

· 중요한 업무를 처리하는 경우에는 '치밀하고 꼼꼼하게'

· 중요한 나날을 살아가는 경우에는 '느긋하고 너그럽게'

마음코디 2 : 미래

향후에 2015년부터 2024년까지 10년 동안 자신이 이루고 싶은 것을 곰곰이 생각하여 4가지를 종이카드에 크게 쓰고, 아래에 다음과 같이 작게 쓴다.

· 지금도 이미 내 인생은 '흑자인생'이다.

· 4가지 중에 1개만 달성하면 내 인생은 '해피인생'이다.

· 4가지 중에 2개를 달성하면 내 인생은 '대박인생'이다.

· 4가지 중에 3개나 달성하면 내 인생은 '로또인생'이다.

· 4가지 중에 4개를 모두 달성하면 내 인생은 '퍼펙트인생'이다.

마음코디3 : 성취 3단계

· **가닥(1단계)** 맨땅에 헤딩하는 각오로, 밑빠진 독에 물을 붓는
심정으로, 힘겨움을 감수하겠다는 마음자세로 '절제'하면서
버텨내야 비로소 얻어짐

· **지속(2단계)** Good 〈 Better 〈 Best 〈 Steady의 가치에 의미를
두고 즐겨야 가능함

· **승부(3단계)** 어디서부터 솟아나는지 모르는 '자신감'으로 승부
수를 던져서 올인함

마음코디4 : '목표'

기본전제 기존의 습관 몇 개를 퇴출시키는 구조조정을 단순화해야

1 방향을 정확하게 잡고, 첫 단추를 잘 꿰어야

2 기간을 정하여 집중하고 올인하여 가닥을 잡아야

3 어금니를 꽉 깨물고 절제하며 고비를 잘 넘겨야

4 목전의 강렬한 '현실도피 유혹'을 단호하게 물리쳐야

5 군더더기 없이 깔끔하게 화룡점정畵龍點睛의 마침표를 잘 찍어야

6 목표를 성취한 후에 또 다른 선한 목표를 세워서 '완만하게'
   전진해야

7 이 모든 것은 '즐기며 & 꾸준하게' 실천해야

마음코디5 : 요일별 최고의 전략

· **월** 이런 때일수록.

· **화** 이런 때일수록‥

· **수** 이런 때일수록…

· **목** 이런 때일수록….

· **금** 이런 때일수록…‥

· **토** 이런 때일수록……

· **일** 이런 때일수록…‥‥

마음노래방 : SOS편

스위트룸을 보고 나와서 마음이 동한 수민이는 복도에서 룸메이트를 만났다. 카드키와 함께 받은 저녁식사 쿠폰을 가지고 지하의 식당으로 가니 그날의 저녁메뉴는 황태해장국이었다. 서로 이런저런 이야기를 하면서 식사를 하고 나왔다.

갑자기 룸메이트가 식당 맞은편의 노래방을 가자고 하였다. 부를 줄 아는 노래라고는 '꿍따리샤바라'밖에 모르는 수민이는 얼떨결에 따라 들어갔다. 노래방 안에 들어서자 직원분이 여기의 마음노래방은 사용료는 무료이지만 그 전에 상담실에서 일대일 상담을 받고 '상담인증 도장'을 받아야 노래방으로 입실이 가능하다고 하였다.

어쩔 수 없이 상담실에 들어서자 50대 중반의 온화한 남자분이 '마음매니저'라는 명찰을 가슴에 달고 앉아 있었다. 답답한 마음에 수민이는 이것저것 닥치는 대로 물어보았다. 주요 내용은 아래와 같다.

마음SOS 아직까지 길이 열리지 않는 이유는 뭘까요?

식음을 전폐할 만큼 덜 치열하고, 아직은 덜 절박하기 때문입니다.

마음SOS 아직까지 최고가 되지 못한 이유는 뭘까요?

이미 그 분야에 기라성 같은 고수들이 강남의 빌딩처럼 빽빽하게 건재하기 때문입니다. 제가 어렸을 때, '잘살아보세'라는 TV 방송이 있었습니다. 누가 어떤 작물로 돈벌었다고 방송에 나오면, 전국적으로 그 작물 때문에 소동이 일어납니다. 하지만 이미한발 늦었답니다. 남들과 같이 가거나 늦은 상태에서는 최고가되기 더욱 어렵겠지요. 새로운 '블루오션'을 개척하는 것이 최고의 전략입니다.

마음SOS 아직까지 오디션, 면접시험에 합격하지 못한 이유는 뭘까요?

한마디로 조급하기 때문입니다. 딱딱한 쌀이 부드럽고 윤기 나는 밥으로 재탄생하려면, 몇 십분간 불에 달구어져야 하며, '뜸'이라는 숙성기간을 거쳐야 합니다. 지금부터라도 치밀한 준비와 다양한 상황에 대비한 매뉴얼, 철저한 실전훈련 등을 통하여 자신감을 키워나가길 바랍니다. '제대로 차근차근'의 법칙을 되뇌이면서 맨 처음부터 다시 시작하세요. 아직 늦지 않았답니다.

마음SOS 중요한 결정을 일주일 앞두고, 마음을 어떻게 가다듬는 것이 좋을까요?

이런 때일수록, 먼저 '말'에 유의해야 합니다. 말조심은 무조건 말을 안 하는 것이 아니라, '칭찬, 인정, 격려'를 제외하고는 말을 거의 삼가는 것을 의미합니다. 다음으로 '경청의 기쁨, 즐거움'을 체험하기를 바랍니다. 가만히 귀를 기울이면, 사람들의 소리뿐 아니라, 자연의 소리, 양심의 소리, 하늘의 소리까지도 들을 수 있답니다. 마음을 차분하게 가라앉히고 후회 없는 지혜로운 결정하기를 기원합니다.

마음SOS 건강염려증으로 세상 사는 행복을 느끼지 못하겠어요.

다음의 세 가지가 서로 원만하게 어우러져 있으면 건강한 생활을 보장할 수 있답니다. 첫째, 몸을 끊임없이 움직여 줘야 합니다. 누워 가만 있고자 하는 육체의 유혹을 떨쳐내며 자주 운동을 하거나 스트레칭으로 몸에 자극을 줘야 합니다. 둘째, 음식의 중요성입니다. 입안으로 들어가는 음식이 우리의 살과 피가 되므로 이왕이면 화학적 인스턴트보다는 신선한 채소나 과일, 또는 생식이 좋습니다. 셋째, 당연히 마음이 고요하며 청정해야 합니다. 바다같이 풍랑이 끊이지 않는 마음은 들뜬 기운을 오장육부에 보냄으로 염증을 유발할 수도 있습니다. 호수처럼 잔잔한 마음으로 세상을 관조할 수 있다면 건강한 생활을 영위할 수 있겠지요~.

마음SOS 중요한 선택을 앞두고, 심사숙고하며 기다리고 있어요.

유명 정치인들처럼, '멘토단'을 구성하면 어떨까요? 가족, 친지 중에서 2~3명, 선후배, 친구 중에서 2~3명으로 하여 5명 내외로 자신의 이름을 따서 '○○○ 멘토단'을 발족시키는 것입니다. 굳이 멘토단 전체가 모여서 회의를 할 필요는 없습니다. 중요한 사안이 있을 때마다 각자에게 의견을 물어보고 회의록을 적는 서기처럼 노트 한쪽에 잘 기록하여 정리하면 됩니다. 멘토단만 가지고 부족하다는 판단이 들면 인터넷 동호회 카페 게시판 등에 글을 올려서 '댓글' 등을 통하여 정보나 의견을 검색하는 것도 많은 도움이 되겠지요. 자신의 상황과 생각에 멘토단 의견을 더하면 조금 더 나은 결정을 할 수 있지 않을까요?

마음SOS 조금 더 지혜롭게 살고 싶어요.

마치 임산부가 해산의 시기까지 조심하며 견디듯이 때를 기다릴 줄 알아야 합니다. 눈앞의 버스에 성급하게 올라타지 마세요. 최적의 버스가 오고 있는 중이랍니다. 때가 되면, 그동안 베일에 쌓였던 것들이 순식간에 '짠~' 하고 모습을 나타낼 것입니다.

마음SOS 제 인생은 어찌 그리 일이 꼬이고, 매사에 뒤끝이 안 좋은 걸까요?

단.언.컨.대, 끊임없이 주변에 '자랑질'과 '뒷담화'를 하기 때문입니다. 이제부터라도 스카치테이프를 입술에 붙이는 상상을 하면서 입을 꽉~ 다물어 보세요. 몇 달도 안 되어 흐름이 바뀌면서 물꼬가 트이거나 돌파구가 열릴 것입니다. 내뱉고 싶은 말을 참으면, '해피엔딩', 마구 쏟아내면, '꼬임엔딩'이 되는 것이 세상의 이치랍니다. 아예 하루를 잡아서 '침묵의 날'을 선포하거나 여의치 않으면 2~3시간이라도 '묵언수행'을 하는 것도 좋습니다. '말조심'만 가지고 안 풀릴 경우에는 '의미를 부여한 하루 금식'도 고려해 보세요. 자신이 바로 서 있어야 비로소 돌파구가 열리는 것이랍니다.

마음찜질방 : 특강3편

요일별 혁신전략

원없이 노래를 부르고 나온 수민이와 룸메이트는 지하 한 켠에 자리잡은 편의점으로 가서 음료를 한 병씩 사마셨다. 스피커에서 방송이 나왔다.

마음여행에 오신 분들은 지금 지하 2층의 찜질방으로 모이라는 방송이었다. 수민이와 룸메이트는 그대로 계단을 이용하여 한층을 내려갔다.

찜질방에서 제공하는 옷으로 갈아입고 남녀 공용실로 내려가니 1천원을 넣으면 10분간 안마를 해주는 안마의자가 반겨주었다.

주변을 돌아보니 재래식 아궁이 숯불가마와 소금가마의 찜질방이 있었다. 찜질방의 맞은편에는 매점이 있었는데 훈제계란을 2개에 1천 원, 얼음을 넣은 칡즙을 한 컵당 2천 원씩 판매하고 있었다. 식당에는 된장찌개, 미역국정식 등이 5천 원이라는 가격표가 벽에 부착되어 있었다. 공용실의 한복판에는 옥이 깔린 광장처럼 넓은 홀이 펼쳐져 있었다.

자신을 마음리조트 박희선 회장이라고 소개하는 60대 초반의 남자분이 마이크를 잡고 강연을 하려고 하였다. 강연 내용은 다음과 같았다.

식사하고 나니, 은근히 졸리지요? 자~, 두 손에 깍지를 껴고 머리 위로 올려보도록 하겠습니다. 뒤로, 왼쪽으로, 오른쪽으로 천천히 움직이세요. TV를 시청하면서도 우두커니 앉아 계신 것보다는 계속하여 스트레칭하면서 자극을 주는 것이 모든 면에서 좋답니다.

하루하루, 살얼음판 위를 걷거나 고꾸라지느냐? 솟구치느냐? 의 기로에 서 있는 인생들에게 가장 필요한 화두가 바로 '혁신'이라는 단어가 아닐까?라는 생각을 해봅니다.

이번 시간에는 요즘에 더욱 절실하게 와닿는 혁신에 대하여 말씀을 드리고자 합니다. 혹시, 중요한 인생의 갈림길에서 방황하고 있다면 눈을 동그랗게 뜨시고 이번 시간을 집중해 주시면 뭔가 하나라도 건질 것이 있으실 것입니다. 혁신에 들어가기 전에, 한 가지 짚고 넘어갈 것이 있습니다.

작년에 제가 이 리조트에 부임해 왔을 때의 일입니다. 직원들이 결재서류를 가지고 오는데, 특이하게도 컴퓨터 한글 프로그램 글씨체에서 유독 '태나무체'만 가지고 타이핑을 하였습니다. 자세히 살펴보니 결재 서류 외에도 리조트의 모든 안내문까지도 모두 '태나무체'만 쓰고 있었습니다.

그래서 비서에게 물어보았더니, 대답이 걸작입니다. 전임 회장님이 유독 '태나무체'를 좋아해서 모두 그 글씨체로 바꾸었다고 합니다. 한글 프로그램에는 '궁서체', '굴림체', '양재튼튼B' 등 수많은 글씨체가 있음에도 불구하고, 상황에 따라서는 다양한 글씨체를 사용할 수 있었음에도 획일적으로 '태나무체'만 쓰인 것입니다. '태나무체'가 나쁘다는 것이 아니라, 한글 프로그램에는 수많은 글씨체가 있을 텐데, 다양성이 실종된 것 같은 먹먹함이 들었습니다.

막상 전임 회장님께서는 글씨체를 하나로 통일하라고 지시하지도 않았고, 우리 리조트를 혁신하고자 많은 노력을 기울이신 분이었습니다. 우리의 조직문화가 조금 더 다양성을 존중해 주고 창의성을 함양해 주는 방향으로 개선된다면 더 많은 혁신의 꽃이 피어날 수 있다는 아쉬움이 많이 남은 기억이 있었습니다.

우리 사회뿐, 아니라 주변 개인의 경우를 살펴보면, 과거의 선택이나 결정에 대하여 후회, 회한, 심한 자책감에 시달리는 사람들이 예상외로 많이 있음을 보게 됩니다. 그분들에게 단도직입적으로 말씀드립니다. 지금까지 후회한 것으로도 충분합니다. 자책감에 휘둘리지 마시고 이제 그만 탈출하십시오!

왜냐하면, 인생은 '지금까지'보다 '지금부터~'가 훨씬 중요하기 때문입니다. 과거에 집착하기에는 앞으로의 인생이 너무 소중하기 때문입니다.

한 가지 덧붙이자면, 그 당시로는 나름대로 최선의 선택이었답니다. 처음이자 마지막으로 반말로 할게요.

"이제 그만 뚝!"(일동 웃음)

사실, 혁신은 그렇게 거창한 것이 아닙니다. 거창한 것 좋아하지 마세요. 거창하게 출발했다가 거창하게 침몰하는 타이타닉을 생각하세요. 럭셔리하게 출발했다가 럭셔리하게 이혼하는 부부들이 얼마나 많습니까?

우리도 마찬가지입니다. 엄청난 계획을 세웠다가 중도포기한 일이 비일비재합니다. 또다시 거대한 제2의 계획을 실행하지만, 역시 얼마 못가서 주저앉습니다. 항상 내실이 중요한 것입니다.

혁신은 바로 어제보다 오늘 조금 더 성실하게 일했고, 오늘보다 내일 더 섬김의 삶을 살기로 다짐하는 것이 바로 혁신의 요체입니다. 한 계단, 한 계단씩 차근차근 더 나은 방향을 모색하며 실천하는 것이 바로 혁신입니다.

그것이 아무리 좋은 것이라도, 급격하게 추진하면 부작용이 속출하기 마련이고, 하루아침에 일확천금이 다가오면, 속에는 치명적인 독이 있음을 간파해야 합니다.

화려한 네온사인을 보십시오. 뒤로 돌아가면 흉물스러운 전선들이 뒤엉켜 볼썽이 사납습니다.

혁신은 바로 실생활에서의 작은 변화를 주안점으로 삼아야 비로소 성공할 수 있는 것입니다. 혁신의 첫 단추는 바로 '말투'입니다.

말이 걸은 사람치고 평탄한 인생길에 있는 사람을 아마도 못 봤을 것입니다. 말이 걸은 만큼, 산전수전, 편지풍파를 겪을 수밖에 없습니다. 사람은 입의 열매를 먹고 살기 때문입니다.

회사를 이끄는 CEO 입장에서 가장 다루기 힘든 직원이 바로 변화에 저항하며 불평과 원망을 쏟아내는 부류의 사람들입니다. 이것하자고 하면, 저것은 안한다고 불평하고, 저것을 시도해 보자고 하면, 이것이 훨씬 안정적이라고 불평합니다. 결국 매사에 불평불만입니다. 무엇을 해도, 불평과 원망을 하니 경영자 입장에서는 다 맞춰 줄 수가 없습니다.

한 청중 (갑자기 흥분한 목소리로) 우리 친목회에도 그런 사람 하

나 있는데, 아주 피곤한 스타일이에요! 그런데 이런 사람은 어떻게 대처해야 하지요?

회장님 간단합니다. 영화 '친구'에서 보면 "네가 가라 하와이"라는 대사가 나옵니다. 그 대사처럼, 돌직구를 날리십시오. "(앞으로는) 네가 해라~ 총무일!"(일동 웃음)

말투에서 고쳐야 할 것을 한 가지 더 지적한다면, 바로 '뒷담화'입니다. 내 앞에서 뒷담화를 하는 사람은, 다른 사람 앞에서는 내 뒷담화를 할 수 있는 여지가 다분하다는 사실을 인지하고 있어야 합니다.

또한, 내가 하는 뒷담화를 들어주는 상대방이 뒷담화 대상의 비밀요원이나 먼 친척일 수도 있다는 것도 충분히 염두에 두어야 합니다.

두 번째의 혁신과제로는 '선택'에 대하여 말씀드리고자 합니다. 중요한 선택일수록 요리조리 따져보고 꼼꼼하게 선택해야 합니다. 선택이라는 말앞에는 꼭 '신중'이라는 말이 전제되어야 합니다. 여기서 신중이라는 말은 '한 번 더 생각하는~'이라는 뜻입니다. 마음이 동하고 감정이 활화산처럼 치켜올라올 때, 지그시 한 번 더 눌러 주며 신중하게 판단하는 센스가 필요합니다.

특히, 인생의 갈림길에서의 커다란 선택의 상황과 직면했을 경우에는, 숙려기간이 반드시 필요합니다. 숙려기간 동안에는 자주 '걷기운동'을 해야 합니다. 걸으면서 떠오르는 생각은 반짝이는 아이디어로 연결되는 경우가 많기 때문입니다.

여기에서 유의해야 할 점은, 걷기운동을 하면서 떠오르는 다양한 여러 생각을 메모지에 메모를 하거나, 핸드폰의 메모장에 기록을 해놓는 것입니다. 사람의 생각들은 연기와 같아서 잠깐 인식이 된 후에 곧바로 허공으로 사라지기 때문입니다.

인생의 선택에 있어서는 어차피 '최상의 선택'은 존재하지 않는답니다. 왜냐하면, 모든 선택의 상황들은 저마다 장단점을 가지고 있기 때문입니다. 그저 '그나마 나은 선택'만이 존재하겠지요.

'선택'에 대하여 말씀드리면서, 몇 가지 짚고 넘어갈 것이 있습니다. 모든 선택에는 '향후의 다양한 변수가 존재한다'는 사실을 깊이 명심하시길 바랍니다.

즉, 내가 원하는 선택을 했지만, 미처 예상하지 못했던 변수가 터져나와 전혀 다른 방향으로 흘러갈 수 있음을 직시해야 합니다. 자신이 원하지 않는 결과가 나왔을 때도 미리 유념하고 대비책을 세워 놓는 것이 바로 '지혜로운 선택'입니다.

또한 수많은 사람들이 잘못된 선택을 하는 결정적인 이유는 얻는 것은 실제보다 크게 생각하고, 잃는 것은 실제보다 과소평가하기 때문입니다. 이런 점에서 현실을 제대로 직시하며 향후 나아갈 예상에 대하여 냉철하게 판단하는 것이 현명한 선택의 첫걸음이라고 할 수 있습니다.

다음으로는 혁신을 하고자 하는 사람들에게 중요한 용어 한 가지를 알려드리고 싶습니다. 그것은 바로 '양보'라는 단어입니다.

제가 마음리조트에 와서 처음으로 시도한 정책이 매월 말일에 직원상호간에 비밀투표로 가장 착한 직원을 선발하여 '선한 직원상'을 수여하고 부상으로 휴가도 주는 제도입니다. 처음에는 직원들이 '선한 직원상'의 개념에 대하여 갈피를 못잡고 질문을 합니다. 누구를 뽑아야 하냐고 질문하는 직원들에게 다음과 같이 대답을 해주고는 합니다.

"이번 한 달 동안에 동료들에게 가장 많이 양보를 한 직원을 심사기준으로 삼으면 틀림없습니다!"

성경에도 보면, 아브라함이 조카 롯에게 다음과 같이 말합니다.

"네가 좌하면 내가 우하겠고, 네가 우하면 내가 좌하겠다"

당장은 조카 롯이 유리한 것처럼 보이지만, 나중에는 하늘과 땅 차이만큼 아브라함이 잘되는 결과를 가져왔습니다.

진정한 혁신은 양보라고 생각합니다. 당장은 손해 보는 것 같고, 속이 타지만, 양보한 만큼 여유가 생기고, 그릇이 넓어집니다. 지금까지의 인생이 욕심만 챙긴 인생이었다면, 남은 인생이라도 양보하는 삶을 살아보는 것은 어떻습니까? 눈꼽만큼의 양보 없이는 결코 혁신도 존재할 수 없답니다.

네 번째로 혁신을 하려면, '시점과 기한'을 잘 설정해야 합니다. 여기서 시점은 무조건 월요일이나, 매월 1일이 될 필요가 전혀 없습니다. 좋은 시점과 기한은 특별한 날일수록 좋습니다.

예를 들어, 부모님 생신이나 기일, 자신과 가족들의 기념일 등이 좋습니다. 특별한 날이 여의치 않으면 명절인 '설날부터 추석까지', 또는 '추석부터 이듬해 설날까지' 등도 훌륭한 시점과 기한이 될 수 있습니다.

흔히 혁신하면, 기업, 회사, 일터 등을 먼저 떠올리게 됩니다. 여기에서는 이러한 조직을 쉽게 '공동체'라고 표현을 해보겠습니다. 공동체에서의 혁신의 첫 단추는 바로 '회의문화'를 바꾸는 것입니다.

우리나라 현실에서 대부분의 회의 현장을 살펴보면, 주로 상급자는 일방적으로 지시를 하고 하급자는 열심히 받아적는 '받아쓰기 회의', 하급자의 잘못이나 실수에 관하여 화를 내거나 윽박을 지르는 '버럭 회의', 또는 주동자 몇 명이 미리 시나리오를 짜 놓은 상태에서 분위기를 한 방향으로 몰아가며 일사천리로 결론을 이끌어 내는 '토끼몰이 회의'가 대부분입니다.

경제발전이 우선인 시대에서는 어느 정도 용인이 되었으나, 창의성이 곧 가치가 되는 지금의 시대에는 전혀 어울리지 않습니다. 아무리 우리 사회가 유교문화권의 절대 영향력 아래에 있음을 직시하더라도, 회의시간 만큼은 각자의 떠오르는 아이디어를 마음껏 발표하며, 서로 공유하는 장이 마련되어야 합니다.

우리나라의 회의에는 대화도, 토의도, 토론도, 반론도 찾아보기가 어려운 '경직성'의 분위기 속에서 이루어지는 것이 대부분입니다. 이런 상황에서는 생산적인 의견개진이나 창의적인 아이디어가 도출되기 어렵답니다.

이번에는 '혁신의 꽃'에 대하여 말씀드리고자 합니다. 혁신의 꽃은 바로 '이중생활'입니다.

제가 어렸을 적에 '태권동자 마루치 아라치', '똘이장군' 등과 함께 TV에서 많이 보았던 애니메이션 '77단의 비밀(1978, 박승철 감독님)'이라는 영화가 있었습니다.

　흔히 '흑두건의 비밀'이라고도 회자되었습니다. 대강의 줄거리는 곡마단에 붙잡혀 고생하는 어린 남매를 흑두건이 나타나 일본인들을 물리치고 구해 주는 스토리였습니다. 지금도 기억에 남는 인상적인 장면은 마지막 장면에서 가면을 벗은 흑두건이 바로 '멍충이 아저씨'였다는 사실입니다.

　평소에는 사람들로부터 멸시와 조롱을 당하는 멍충이 아저씨가 사실은 일본인을 혼내주는 민족의 영웅인 흑두건임을 알고 등장인물들이 모두 놀랐던 장면이 아직도 기억에 생생합니다.

　흑두건처럼, 어린 시절 읽었던 동화 '키다리 아저씨'처럼 우리도 누군가를 이름도 없이 몰래 도와주는 '이중생활'을 해보면 우리 삶에 진정한 '혁신'이 일어나지 않을까요?

　결론적으로, '남은 생애를 어떻게 살 것인가?'는 고민할 필요가 전혀 없습니다. 현재 자신의 자리에서, 아무도 모르게, '섬김과 나눔의 삶'을 사는 것입니다.

　누군가의 수호천사, 산타클로스가 되는 '이중생활'을 통하여 우리는 삶의 짜릿한 희열을 맛볼 수 있을 것입니다. 이왕이면 도움을 받는 대상조차 모르게 도와주는 것이 좋습니다. 또한, 유념해야 할 것이 있다면, 지금처럼 생활해 온 자신과 누군가의 수호천사로서의 자신을 별개로 해야 한다는 점입니다.

예를 들어, 누군가를 모르게 도와줬다고 하여, 지금처럼 생활해 온 자신이 생색을 내며 내색을 표현한다면, '이중생활'의 효과는 반감되고 말 것입니다.

지난 겨울에도, 구세군 자선냄비나 불우이웃돕기 성금함에 수천만 원의 거금을 쾌척하는 익명의 기부자들이 언론에 '얼굴 없는 천사'라고 하여 보도되는 것을 보았습니다.

이러한 뉴스를 접하면서 수많은 사람들은 한결같이 '아~ 그래도 아직은 세상이 살 만하구나!'라는 희망을 가졌을 것입니다. 이러한 '얼굴 없는 천사' 분들이 바로 '이중생활의 묘미'를 깨닫고, 이미 삶속에서 진정한 인생 혁신의 삶을 실천하고 있는 것입니다.

누군가에게 선행을 베풀고도 그것은 자신이 아닌 별개의 또

다른 사람이 한 것으로 생각하고, 평상시 '멍충이 아저씨'가 '흑
두건'의 티를 전혀 내지 않고 생활해 온 것 같이 자신의 삶을
영위해야 비로소 진정한 '이중생활'의 기막힌 맛을 체험할 수
있을 것입니다.

〔질의응답〕

한 청중 (온화한 표정으로) 저는 개인적인 혁신도 중요하지만,
나라의 시스템을 바꾸거나 정치혁신같이 우리가 사는 공동체
의 변화도 매우 중요하다고 생각합니다. 우리나라는 대통령 직
선제나 지방자치단체 선거 등의 여러 과정들을 통하여 많은 시
민들의 정치의식이 많이 향상되었습니다.

하지만, 저를 포함하여 많은 국민들은 우리나라의 정치수준
은 아직 후진국 수준에 머물러 있다고 생각할 것입니다. 회장
님은 우리나라의 정치상황에 대하여 어떤 생각을 갖고 계시는
지 궁금하고 혹시 대안이 있으시다면 말씀해 주시면 고맙겠습
니다.

회장님 (자신의 옆구리에 손가락을 갖다 대면서) 허를 찌르는 예리
한 질문이시네요. 마치, 무슨 고위공직자 선출을 위한 청문회장
같습니다(일동 웃음).

우리 삶이 정치와 직결되어 있다는 사실을 아는 것만으로도
우리의 정치의식은 이미 성숙된 단계라고 할 수 있습니다. 문
제는 정작 정치인들이 이렇게 성숙된 국민들의 정치수준을 따
라오지 못하는 것에 원인이 있습니다.

우리나라의 정치는 지나친 '흑백논리'에 빠져 있습니다. 정치
인들이 흑백으로 나누어 싸우면서 어느새 국민들도 흑백으로
나누어져 서로가 지나치게 대립해 있는 형국에 있습니다.

'입장이 서로 얼마든지 바뀔 수가 있다'는 안목과 여유를 가
졌으면 좋겠습니다.

예를 들어, 자신은 무조건 ○○당을 지지해 왔다고 가정을 해
봅시다. 그런데 시아버님이 상대당의 후보로 출마를 하였습니
다. 어쩔 수 없이 시아버님을 도와서 선거운동을 하는데, 그동

안 자신이 지지해 왔던 ○○당에서 시아버님에 대하여 근거 없는 중상모략과 흑색선전을 하면서 온갖 불법선거를 자행하며 당선되었다고 생각을 해보세요. 결과적으로 ○○당의 지지를 철회하는 것은 물론, 그동안의 지지에 대해서도 피눈물을 흘리면서 후회할지도 모릅니다.

이렇듯이, 입장은 상황에 따라 얼마든지 바뀔 수가 있는 것입니다. 아직도, 조선시대의 전통을 이어받아 갓을 쓰고 도포를 입는 정치인은 없잖아요?(일동 웃음) 변할 수 있는 것에 대하여 두려워하거나 죄책감에 사로잡히는 것은 좋지 않습니다. 오히려 변화와 혁신을 선도하는 정치인이 되어야지요.

두 번째로 우리나라의 정치에 대하여 지적하고 싶은 것은 너무 한 쪽으로 치우치는 것은 바람직하지 못하다는 것입니다. 자신이 보수주의자라면, '합리적 보수'가 좋습니다. 자신이 진보주의자라면, '온건한 진보'가 좋습니다. 왜냐하면, 합리적 보수주의자나, 온건한 진보주의자는 양쪽 나팔을 모두 들을 줄 알기 때문입니다.

100% 완벽한 사람이 없듯이, 100% 완벽한 이념이나 정당, 정부도 존재하지 않습니다. 현실이 이렇다면, 조금 더 많은 사람들에게 유익을 주며 행복하게 하는 정치시스템을 추구하는 것이 옳다고 생각합니다.

말없는 대다수의 국민은 사실, 이 두 영역에 존재합니다. 극단적 보수주의자나, 진보주의자는 자신의 '프레임'에 갇혀 상대방을 인정하지 않고 싸워서 섬멸해야 할 '적'으로 봅니다. 그러다 보니, 항상 싸울려고만 하는 전투적 자세를 견지합니다.

이것은 정치뿐 아니라, 본인의 건강과 가정에까지 나쁜 영향을 끼치게 됩니다. 좋은 정치인은 매사에 나무를 보지 않고 숲의 전체를 보는 정치인입니다. 절대 다수의 국민은 '극단주의자'를 좋아하지 않습니다.

마지막으로 우리정치에 대한 대안으로는, 삿되지 않고 '국민을 위한 진정성'을 가진 정치인을 지지해서 그분들을 지도자로 뽑아야 한다는 사실입니다.

공적인 영역보다 자신의 사적인 이익을 우선시하는 사람, 매사에 꼼수를 쓰며 단기적인 성과에 매달리는 사람을 뽑거나 자리에 앉게 한다면, 국민도 불행하고, 결국 그 지도자 역시 좋지 않는 결과에 봉착하게 됩니다.

반면에, 여야, 보수와 진보를 떠나서 고위공직자의 자리에 '삼고초려의 인물', '적재적소의 인재', '그 분야의 최고 안성맞춤 전문가'를 등용한다면 국민은 감동을 받으며 그 혜택은 우리 국민 모두에게 돌아갈 것입니다. 국민을 감동시키는 것은 거창한 공약보다, 오히려 '참신한 인사 등용'입니다.

'인사人事가 만사萬事'라는 말은 괜히 나온 말이 아닙니다.

이렇게 하다가는 이 시간이 '100분 시사토론'이 될 것 같습니다(일동 웃음). 참고로, 마음리조트와 마음여행사의 모든 임직원은 정치적으로 엄정하게 중립을 지키는 조직이라는 것을 말씀드립니다. 참고로, 제가 지지하는 정당은 오로지 '대한민국당'

입니다. 나라가 있기에 정치도 있고, 경제도 있으며, 정당도 존재하는 것이랍니다.

힘드시지요? 잠깐 휴식시간을 드리겠습니다. 여러 찜질방에서 땀도 쭉~ 빼시고, 1천 원을 내면 받을 수 있는 안마의자에서 안마도 받으며 쉬다가 다시 모이도록 하겠습니다.

(잠시 시간이 흐른 후에) 이제부터는 본격적으로 특강 주제인 '요일별 혁신전략'에 대하여 말씀드리겠습니다.

제가 창안한 전략들은 금과옥조가 아닙니다. 누구나 자신의 환경에 맞게 얼마든지 수정하고 변환시켜서 더 좋은 혁신과제를 수행해 나가면 좋을 것 같습니다.

요즘 학생들이나 젊은이들은 수많은 '~데이'를 만들어 내고 있습니다. 저도 하도 복잡해서 이 부분만큼은 휴대폰 '메모장'을 보고 말씀드리겠습니다.

1. 14. **다이어리데이**(다이어리 선물)

2. 14. **밸런타인데이**(여자가 남자에게 초콜릿 선물)

3. 14. **화이트데이**(남자가 여자에게 사탕 선물),

　　　　파이데이(원주율에서 비롯, 파이 선물)

4. 14. **블랙데이**(솔로인 사람들이 자장면 먹음)

5. 14. **로즈데이**(연인에게 장미 선물),

　　　　옐로우데이(솔로인 사람들은 카레 먹음)

6. 14. **키스데이**(말 안 해도 아시죠?)

7. 14. **실버데이**(노인을 공경하는 날이 아니라, 서로 은반지를 교환함)

9. 14. **포토데이**(연인끼리 사진찍음)

10. 14. **와인데이**(연인끼리 포도주 마심)

11. 14. **무비데이**(연인끼리 영화를 감상함)

12. 14. **허그데이**(이것도 아시겠지요?)

이 외에도 브라데이(11. 8. 브래지어 선물), 커플데이(2. 22.), 천사데이(10. 4.) 등 수없이 많은 데이가 존재한답니다. 아참, 밸런타인, 화이트데이와 더불어 젊은 층의 3대 명절의 하나인 '빼빼로 데이(11. 11.)'가 빠졌네요~(다같이, 하하하)

여러분에게 퀴즈를 한 문제 내보도록 하겠습니다.

퀴즈 9월 17일이 왜 '고백데이'인 줄 아시는 분은요?

한 청중 (망설임없이) 9월에는 추석이 있어서요!(다같이, 하하하)

다른 청중 (자신감 있게) 지난주에 우리 아이가 그러는데, 그날 부터 100일 후가 성탄절이라고 하더라구요!!(일동 탄성~)

빙고~ 딩동댕♬입니다. 대~단하십니다. 자녀에게 도전 골 든벨 퀴즈프로그램에 나가라고 전해 주세요(다같이, 하하하) 답을 맞히셨으니까, 상품으로 찜질방의 매점 3천 원 이용권을 드리 도록 하겠습니다. 아마 침즙에 훈제계란을 같이 드시면 야식으 로 좋을 것 같습니다.

그러면 본격적으로 '요일별 혁신전략'에 대하여 익혀 보겠습

니다. 먼저, **월요일**은 '호호데이'입니다. 추억의 애니메이션, '호호 아줌마'가 떠오르네요~(다같이, 하하하)

첫 번째 '호'는 '호칭'에 '님'자 붙이기 캠페인입니다. 예를 들어, 과장'님', 대리'님', 선생'님', 집사'님' 등입니다. 특히, 앞에 당사자가 없는 경우에도 호칭에 '님'자를 붙여주는 습관을 익혀 두면 자신의 마음정화뿐 아니라, 아이들 교육에도 매우 좋답니다.

두 번째 '호'는 사람을 대할 때에는 '호의적'으로 대하기! 우리나라 사람들의 특징이 아는 사람에게는 과도하게 친절하고, 모르는 사람에게는 심할 정도로 딱딱한 표정을 유지하는 것입니다. 지금 저에게도 시베리아 찬바람을 보내지 마시고 호의적으로 대해 주십시오(일동 웃음).

특히, 사람이 무슨 말을 하면 무관심, 무반응을 극복하고 가족, 이웃들에게 성심성의껏 호응해 주는 삶을 살아보세요~ 지금의 '호호데이~'에도 적극적인 호응이 필요하답니다(박수치며 일동 웃음).

화요일은 '소소데이'입니다. 첫 번째 '소'는 '소중함의 가치'에서 앞글자를 따온 것입니다. 주변의 소중함, 평범한 삶의 소중함을 깨달을 수 있다면, 우리는 분명히 제2의 인생을 당장이라도 시작할 수 있을 것입니다. 제가 생각하는 바보는 '소중한 것은 하찮게 여기고, 하찮은 것은 오히려 소중하게 여기는 사람'입니다.

주변의 소중함을 깨달았다면, '소중함을 자주 표현하는 말'을 하십시오~. 가족들과 주변 사람들에게 자주 감사와 소중함을 표현해야 합니다.

· 연로하신 부모님과 주변 어르신들께 주로 '마땅히'라는 말을 많이 사용하세요! (예, 제가 '마땅히' 해야 할 도리입니다!)

· 배우자나 친한 친구에게 주로 '여전히'라는 말을 많이 사용하세요! (예, 당신은 '여전히' 매력 있고 아름답습니다!)

· 어린 자녀들에게 주로 '역시~'라는 말을 많이 사용하세요! (예, 우리 자녀가 '역시~' 멋지고 자랑스럽구나!)

두 번째 '소'는 '소박, 소탈의 삶'에서 따온 것입니다.

지금 세태를 보면 허세를 부리며 헛물을 켜는 사람들이 의외로 많이 있습니다. 한평생 지나고 나면 모두 부질없는 것입니다. 우리가 김수환 추기경님, 법정스님, 한경직 목사님을 존경하고 흠모하는 이유가 무엇입니까?

남들이 부러워할 만한 지위와 명예를 가졌지만, 이분들은 오로지 소박, 소탈의 삶으로 우리에게 모범을 보이셨습니다. 세분 모두 이 세상에 존재하지 않지만, 우리 모두는 그분들의 맑은 향기가 피어나는 삶을 가슴에 간직하고 있습니다.

이제 우리가 이 세 분의 인생을 벤치마킹해야 합니다. 제발, "내가 누군 줄 알아!"라고 거들먹거리지 말기를 부탁드립니다. 인터넷 동영상으로 떠돌아다니면 정말로 집안망신입니다. 자신이 믿는 종교를 떠나서 이 세 분을 기억하기를 바랍니다.

또한, 단기적인 면에서는 '대박'이 좋게 보이지만, 장기적인 측면에서는 '소박'이 더 좋습니다. 굳이 욕심을 내고자 한다면, '중박' 정도를 목표로 삼으면 좋을 듯 싶습니다. 너무 '왕대박'

만 쫓아가지 말기를 바랍니다. 그러다가 나중에 '소박'은 커녕, '쪽박' 차는 경우가 비일비재하답니다.

수요일은 '수수데이'입니다. '수수' 하니까, 설마 먹는 '옥수수'를 떠올리는 분은 안 계시겠지요?(일동 웃음)

첫 번째 '수'는 '인격을 수양하자'의 '수'입니다. 제가 학창시절에는 성적표에 '수, 우, 미, 양, 가'라는 5단계의 평점이 과목마다 적혀 있었습니다.

지금의 인생학교 과목에서도 돈벌기 과목, 건강 과목, 가정 과목, 인간관계 과목 등 여러 과목의 성적을 하늘에서 매기고 있을지 모릅니다. 다른 과목은 몰라도 '인격수양' 과목 만큼은 우리 모두 '수'를 맞아야 한다고 생각합니다.

왜냐하면 '인격수양' 과목이야말로 인생을 살아가는 현장에서 매우 유익하기 때문입니다. 행복이라는 것은 감정으로 느끼는 일시적일 수 있는 요소를 내포하고 있지만, 인격수양은 마치 컴퓨터의 용량을 키우듯이, 사람의 그릇을 키우는 근본적이고 본질적인 요소를 지니고 있습니다.

두 번째 '수'는 '수행修行의 삶'에서 따온 것입니다. 다음 장에서도 수행에 대한 특강이 있지만, 우리의 모든 삶은 수행입니다. 순간 순간이 하늘과 이웃과 자신에 대한 수행의 삶을 영위하고 있습니다. 우리가 수많은 생명체 중에서 만물의 영장인 인간으로 태어난 이유는 바로 두 가지 이유 때문입니다.

첫째는 하늘의 뜻을 행하고, 둘째는 자신의 영적성장을 위해서입니다. 이 두 가지의 정명定命을 완수하려면 수행이 없이는 불가능합니다. 수요일만이라도 '수행인답게'라는 구절을 마음에 간직하고 살아간다면 남은 생애에 커다란 진보가 있을 것입니다. 참고로, 수행은 자신의 자존심을 내려놓은 삶입니다. 수행에 대한 자세한 설명은 다음 장에서 따로 설명드릴 기회가 있을 것입니다.

목요일은 '절절데이'입니다. 목요일에는 '무조건 쩔쩔매라'는 소리가 아닙니다. 발음을 잘해 주십시오(일동 웃음)

첫 번째 '절'은 '절제의 기쁨, 그 파급효과'의 '절'입니다. 특히 목요일 하루만이라도 TV, PC, 스마트폰 등 각종 생활기기 사용하는 것을 절제하고, 그 시간을 대체하여 뭔가 가치 있고 의미 있는 일을 찾아서 해보는 날입니다.

서점이나 도서관에서 책을 보거나, 명상, 산책 등의 재충전 시간을 가져보는 것도 좋을 것 같습니다. 절제는 훈련입니다. 기분에 따라서 했다가 안 했다가 하는 것은 훈련이 아니고 취미생활일 뿐입니다. 훈련은 상황과 감정을 초월하여 꾸준하게 시간을 정해 놓고 하는 것이 훈련입니다. 제가 지은 '절제의 기쁨 그 파급효과'라는 글을 소개하고자 합니다.

① 혈기를 절제하면 가정과 일터가 평화롭게 되는 파급효과
② 음란을 절제하면 영혼의 샘터가 맑아지는 파급효과
③ 말을 절제하면 경청하는 기쁨을 맛보는 파급효과
④ TV, 휴대폰을 절제하면 가족, 이웃과 소통하는 파급효과
⑤ 자랑질을 절제하면 마음이 순수해지는 파급효과

⑥ 욕망을 절제하면 육신의 힘이 강건해지는 파급효과

⑦ 자아를 절제하면 하늘의 뜻을 깨달아 알게 되는 파급효과

두 번째 '절'은 '절 수행법'에서 따온 것입니다. 집안의 어른 중에 무역업에 종사하시는 분이 계십니다. 치열한 경쟁 속에서도 항상 여유와 온화한 미소를 잃지 않으신 비결을 여쭈었더니 매일 108배의 절 수행법을 하신다고 귀띔을 해주었습니다.

이 어른은 불교신자가 아닙니다. 주변을 살펴보면, 굳이 불교신자가 아니지만, 매일 108배를 수행하시는 분이나 템플스테이에 참여하시는 분들을 심심치 않게 뵐 수가 있습니다. 108배가 힘들다면, 하루 24시간을 매 시간 참회하는 의미로 '24배 수행법'도 좋다고 생각됩니다.

우리가 설날에 어르신께 세배를 드리는 절을 포함하여 '절 수행법'은 경의와 존경을 표시하는 행동의 극치이자 마음의 표현입니다. '나 잘났다'의 마음을 '나 죽었소'의 심정으로 변환시키는 비법에는 '절 수행법'이 바로 특효약입니다. 절을 하다 보

면, 자신의 교만하고 음란했던 마음이 녹아져 내립니다. 아울러 경건하지 못하고 붕~ 뜬 마음이 차분하게 가라앉으며 평안함을 맛볼 수 있습니다.

담배가 '백해무익'이라면, 반대되는 용어로 백 가지 좋은 것이 '절 수행법'이라고 할 수 있습니다.

혹시, 종교적인 거부감으로 인하여 도저히 받아들이기 어려운 분의 경우에는 30분 정도의 '골든타임'을 정합니다.

먼저 국민체조, 새천년체조 등을 검색하여 동영상을 보고 몸풀기 체조를 5분 정도 한 후에는 침대나 소파에 발을 넣은 후에 윗몸일으키기를 합니다. 이어서 팔굽혀펴기, 이불을 깔아놓고 벽에 물구나무 서기, 몇 분간의 기마자세 유지 등, 실내에서 할 수 있는 여러 '체력단련 타임'으로 활용하도록 합니다. 몸과 마음이 골고루 건강해야 조화로운 삶을 영위할 수 있습니다.

주말보다 더 좋은 **금요일**은 '선선선데이'입니다. 불타는 금요일이라 '선'이 무려 세 글자나 된답니다.(일동 웃음)

첫 번째의 '선'은 바로 '선순환의 삶'입니다. 자신의 가정, 일터 등의 삶의 각 터전들이 서로 유익을 주면서 선순환하는 삶이 가장 축복받은 인생이라고 할 수 있습니다.

선순환하는 삶을 만들려면 예상 외로 간단합니다. 양보하면 됩니다. 제 속마음은 '항복'이라는 표현을 쓰고 싶지만, 그러기에는 현실 세상이 너무 치열하기에 '양보'라는 단어로 순화하였습니다.

성경 창세기 13장 9절에서 보면 믿음의 조상 아브라함이 조카 롯에게 "네가 좌하면 나는 우하고, 네가 우하면 나는 좌하리라"고 말하는 장면이 나옵니다.

조카 롯이 삼촌인 아브라함에게 양보하는 것은 당연한 도리입니다. 하지만, 윗사람인 아브라함이 아랫사람인 롯에게 양보함으로써 믿음의 조상에 어울리는 넉넉한 양보로 '선순환의 삶'을 창출해 냅니다.

두 번째 '선'는 '선을 행하는 기쁨'에서 따온 것입니다. 인생을 살면서 맛볼 수 있는 가장 커다란 행복은 바로 '선을 행하는 기쁨'입니다. 행복을 찾겠다며 무슨 일을 벌이거나 여기 저기 갈피를 못 잡고 기웃거리는 분이 있다면, 아~ 여기에도 그런 분이 두 분 정도 계시는 것 같네요(일동 웃음). 우리 주변에는 따뜻한 손길을 기다리는 수많은 개인, 복지기관, 구호단체가 있습니다.

요즘 여기저기서 수행, 수행하는 소리가 많이 들리지만, 가장 좋은 수행법은 '선행善行'이랍니다. 왜냐하면, 수행은 자신의 몸과 마음을 닦아나가는 것이지만, 선행은 자신을 넘어 '공동체를 아름답게 가꾸는 것'이기 때문입니다. 아울러 선행의 복福은 모두 우리의 후손들에게 '무형의 유산'이 되어 내려가겠지요~

세 번째 '선'은 '선線을 지키자'에서 따온 것입니다. 운동경기에서 '선'을 침범하면 반칙이나 파울로 처리가 되어 심판이 곧바로 휘슬을 불게 되어 있습니다.

성경말씀 시편 104편 9절을 보면, '주께서 물의 경계를 정하여 넘치지 못하게 하시며'라는 구절이 나옵니다. 만약에 물이 주님이 정해 놓으신 선을 넘어 땅을 덮어 버린다면, 그것은 해일, 쓰나미 같은 재앙이라고 할 수밖에 없습니다.

인간 개개인도 마찬가지입니다. 마땅히 자신이 가야 할 정상 궤도의 '선'을 잘 지키면서 가야 합니다. 이것을 한자에서는 '정도正道'라고 표현합니다.

육지와 바다는 각각 영역의 선이 존재합니다. 사람들에게도 신앙인, 부모, 자녀, 회사원, 선생님, 학생 등 각자의 선이 존재합니다. 안타까운 '세월호 침몰'도 각자의 위치에서 선을 잘 지켰다면, 결코 일어나지 않았을 참사입니다.

꼭 기억하십시오! 에덴동산의 아담과 하와에게만 '선악과'를 금지한 것이 아닙니다. 우리에게도 '금지된 선악과'가 존재한답니다. 이 선을 욕망과 탐욕으로 침범하여 자신의 삶을 파탄으로 몰아가며 가족과 주변에 민폐를 끼치지 않도록 항상 주의하여 자신을 돌아보고 점검해야 합니다.

복을 받는 비결은 간단합니다. 우리가 선을 잘 지키는 것입

니다. 불행해지는 비결도 간단합니다. 하나님이 그어 놓으신 선
을 침범하면 됩니다.

토요일은 '순순데이'입니다. 첫 번째 '순'은 '어때순'의 '순'입
니다. '어때순'은 명상 중에 제가 깨달은 구절입니다.

궁금하시지요? 궁금하면 오백원입니다(일동 웃음). '어때순'은
'어차피 때가 되면 순리대로'의 준말입니다. 가까스로 위기와
어려움을 통과한 사람들은 이 말이 많이 공감되실 것입니다.

아울러 지금 고난의 터널에 깊이 빠져 있다면, 항상 '어때순'
이라는 용어를 부여잡고 힘을 내고 기운 차리길 바랍니다. 모
든 것은 결코 우연한 일이 아닙니다. 하늘이 뜻이 내포되어 있
습니다. 그저 우리가 할 수 있는 것이라고는 '순리順理'대로 뚜
벅 뚜벅 인생의 길을 걸어가는 것밖에는 없습니다.

두 번째 '순'은 '티맑순'의 '순'입니다. 이런 단어도 태어나서
처음 들어보는 구절일 것입니다. '티맑순' 역시 제가 수행 중에

깨달은 용어입니다. 풀어보자면, '티없이 맑고 순수하게'입니다. 다른 사람의 결점을 들추기에 앞서서 자신의 한없이 부족한 부분을 자숙과 성찰의 자세로 바라보며 '티없이 맑고 순수하게' 이 세상을 살아가야 합니다.

자신의 마음이 순수해져야 비로소 영혼의 눈이 떠집니다. 영혼의 눈이 떠지면 더 이상 갈피를 못 잡고 방황하는 일이 줄어듭니다.

왜냐하면 그 고난이 어디서 왔으며 어디로 흘러가는지를 알수 있기 때문입니다. 권모술수의 가공할 힘도 결코 '순수의 힘'을 이길 수 없다는 진리를 마음에 품고 멋진 토요일을 보내기를 바랍니다.

마지막으로 **일요일**은 '감감데이'입니다. 첫 번째 '감'은 '지금도 감지덕지'의 '감'입니다.

불평하자면 끝이 없고, 원망하자면 한계도 없는 것이 우리의 인생사입니다. 자신을 내세우지 않으며, 허상에 집착하지 말고 지금의 천하고 누추한 그 자리에서 나름대로 '감사하는 마음'을 가지고 살아가는 것이 행복의 지름길이랍니다. 현재 마주한 고난의 상황은 '운명적 필요'에 의하여 자신에게 찾아온 손님일 뿐이며, 자신에게 고통을 주는 그 사람은 '자신의 역할에 충실한 것' 뿐이라는 마음자세가 절실합니다. 그래야 성장하며 성숙한 사람으로 거듭날 수 있답니다. '지금도 감지덕지'하는 그 마음이 여러분을 수렁에서 건져 올릴 수 있는 두레박이 될 수 있답니다. 제가 생각하는 '감지덕지하는 마음'을 말씀드려 보겠습니다.

· 하나님, 여기까지 인도해 주심만으로도 감지덕지!
· 부모님, 우리를 낳아서 길러 주신 것만으로도 감지덕지!
· 배우자, 부족한 사람을 만나서 살아주는 것만으로도 감지덕지!
· 자녀, 살아서 재잘거리며 눈앞에 돌아다니는 것만으로도 감지덕지!

두 번째 '감'은 '기꺼이 감수하려는 마음가짐'의 '감'입니다. 우리는 나라와 공동체를 위하여 '기꺼이 희생과 헌신을 감수하는 사람'입니다. 나라와 공동체의 부름이 있다면, 애국자의 충성심으로, 전쟁터의 군인정신으로 '기꺼이 감수하겠다'는 마음을 지니고 있습니다.

초등학교 시절에 저희 반에는 또래보다 다섯 살이나 많은 동네누나가 있었습니다. 누나의 입장에서는 배움의 시기를 놓쳐서 한참 어린 동생들과 공부를 해야 하는 부끄러운 상황일 수도 있었겠지요.

하지만 이 누나에게는 어떻게 하든지 '초등학교 졸업장'을 받겠다는 목표가 있었습니다. 그 목표가 동네 누나로 하여금 부끄러운 상황을 기꺼이 견디는 힘이 되어 준 것입니다.

우리에게는 자신의 삶 외에도 나라와 가족 공동체의 안정과 발전을 시켜야 하는 마땅한 도리가 기다리고 있습니다. 이러한 사명에 회피하지 말고 당당하게 기꺼이 감수하겠다는 칼을 꺼내들고 앞으로 전진해 나가야 하겠습니다.

(삐리삐리♪ 삐리링♬) 어느덧 종이 울리네요. 이제부터는 자유롭게 탕에 가서 몸과 마음을 푹~ 쉬는 시간을 갖도록 하겠습니다. 피곤하신 분은 곧바로 숙소로 올라가서 취침을 하셔도 좋습니다. 진정한 휴식이야말로 혁신의 뿌리라고 할 수 있습니다.

칠판에 적힌 요약서 : 특강3편

요일별 혁신전략

1 혁신의 첫 단추는 바로 '말투'입니다.

2 혁신 과제로는 '선택'의 중요함이 있습니다.

3 혁신을 하려면 '양보'라는 단어를 알아야 합니다.

4 혁신을 하려면, '시점과 기한'을 잘 설정해야 합니다.

5 혁신의 꽃은 바로 '이중생활'입니다.

6 자신이 보수주의자라면, '합리적 보수'가 좋고,

　진보주의자라면, '온건한 진보'가 좋습니다.

요일별 인격호흡

월요일(호호데이) 호칭에 '님' 자 붙이기 – '호'의적으로 대하기

화요일(소소데이) 주변의 '소'중함 깨닫기 – '소'박, '소'탈하게 살기

수요일(수수데이) 인격을 '수'양하기 – '수'행인답게 생활하기

목요일(절절데이) '절'제의 기쁨, 그 파급효과 – '절' 수행법이 건강에 최고!

금요일(선선선데이) '선'순환의 삶 – '선'을 행하는 기쁨 – '선線'을 지킵시다

토요일(순순데이) 어차피 때가 되면 '순'리대로 – 티없이 맑고 '순'수하게

일요일(감감데이) 지금도 '감'지덕지 – 기꺼이 '감'수하려는 마음가짐

마음조식뷔페 Tip

혁신 가족 SOS편

마음SOS 우리 가족은 대화만 하려고 하면 싸움으로 끝나요.

'당연하지~'라는 예능코너가 있었습니다. 상대방이 어떤 말을 하든지 '당연하지~'라고 대답하는 방송이었습니다. 배우자가 무슨 말을 하든지 무조건 아래의 주문으로 대꾸해 주세요. "그것 참 좋은 생각이네요~" 방송처럼 오른손을 들어 위에서 아래로 내리면서 말하면 더욱 효과적이랍니다.

마음SOS 가정 불화가 너무 심해서 집에 들어가기가 싫어요.

가족 간의 갈등으로 인하여 속이 상해 문드러질 때마다 '소중한 우리 가정, 고마운 우리 가족~'의 표어를 마음속으로 몇 번이고 되뇌어 보세요. 어느 순간 마음에 와 닿을 것입니다. 이후로는 자신의 자존심보다 가정의 평화를 더 우선순위에 둘 수 있을 것입니다. 또한 가족들을 대할 경우에 머리로 대하지 않고 가슴으로 상대하게 될 것입니다. 자존심을 내려놓지 않는 가정의 평화는 존재하지 않는답니다!

마음SOS 왜 이렇게 자녀들이 속을 썩이는지 모르겠어요.

자식들이 속을 썩이는 것은 성장의 당연한 문제랍니다. 잘 자라 주는 자녀가 있다면 그저 고마울 따름이고요. 부모와 자녀가 갈등이 있는 것은 '동일시&별개의' 관점 차이 때문입니다. 즉, 부모는 자녀를 '동일시'하지만, 자녀는 부모와 자신의 인생은 '별개의' 관점으로 봅니다. 서로의 관점 차이를 인식할 필요가 있습니다. 아울러 경험이 많은 부모가 먼저 넓은 아량을 가지고 품어 주는 여유로운 마음을 갖는 것이 중요하답니다. 자녀는 자신의 부속품 기계가 아니기 때문입니다. 한 가지 위로할 점은 부모님 세대에서도 우리를 이렇게 속 끓이며 키웠다는 것이겠지요.

마음SOS 자녀와 대화를 하려고 하면 문을 닫고 제방으로 들어가 버려요.

군이 억지로 말을 걸려고 하지 말고, 야구경기에서 투수와 포수가 서로 손동작의 싸인을 주고 받듯이 다음의 손동작을 자주 사용해 주세요. 먼저 어깨를 따뜻하게 토닥토닥 해주고 엄지손가락을 세우며 '네가 최고'라는 표현을 하세요. 다음으로는 엄지손가락 끝과 검지손가락 끝을 서로 붙여서 동그라미를 만들고 '알았다. 오케이~'라는 싸인을 많이 보내주세요. 손동작의 달인이 되어야 부모님 역할도 잘할 수 있답니다.

마음SOS 아이와 대화를 하다 보면, 꼭 싸움으로 이어져요.

당연하지요! 부모님은 대화이지만, 아이에게는 '잔소리&신경질'에 불과하답니다. 우선, 아이의 느낌이나 감정에 '공감'하고자 하는 노력을 기울여야 된답니다. "그래, 네가 화가 많이 났겠구나!", "아마 엄마라도 너처럼 서운했을 거야", "그렇게 속상한데도, 잘 참은 네가 자랑스럽구나." 등의 공감표현 몇 개를 대사 외우듯이 달달 익힌 후에 '적절한 타이밍'에 말해 주세요. 아이는 '우리 엄마가 달라졌어요.'라는 표정을 지을 것입니다. 아이의 '감정'에 대하여 공감하는 경험이 늘어날수록 아이의 상처난 마음도 비례해서 치유될 것입니다. 꼭 기억하세요! 사랑과 대화에도 기술과 타이밍이 필요하답니다.

마음SOS 성격이 급해서 실수를 잘해요.

처방전 : 밥을 천천히 먹으세요. 의식적으로 일부러 아주 천천히 먹기를 추천합니다. 천천히 먹는 비법은 서로 대화를 하면서 느긋하게 먹으면 됩니다. 이왕이면 느린 클래식을 배경음악으로 틀어놓으면 마음이 좀 더 차분해진 것을 확인할 수 있을 것입니다.

마음SOS 가족회의를 할 때마다, 의견이 대립돼요.

'3분타임'을 적용해 보세요. 한 사람에게 발언권을 3분 이내로만 말하도록 합니다. 3분이 지나면 다른 반론을 역시 3

분 동안 들은 후에 다시 재반론하도록 합니다. 실제로 해보면 예상외로 서로의 입장이 정리가 된답니다.

마음SOS 사춘기 아이들을 키우기가 너무 힘들어요.

어린 시절 시청하였던 '마징가제트'의 '아수라 백작'을 떠올려 보세요. 얼굴의 반쪽은 남자, 나머지 절반은 여자의 얼굴이듯이 부모님도 말에 있어서는 아수라 백작이 되어야 합니다. 즉, 아이가 듣기 싫은 소리 50%, 듣기 좋은 소리 50%로 조화를 이룰 때 비로소 대화가 시작된답니다. 지금처럼, 듣기 싫은 소리만 거의 100%에 가깝게 하는 경우에는 아이가 점점 마음의 담을 쌓겠지요.

마음SOS 가족 갈등이 너무 심해서 어떻게 해야 할지 모르겠어요.

배우자의 얼굴에 불만이 가득하고, 아이들은 제각각이며, 집안 어른들까지 못마땅한 표정을 지으신다면, 그야말로 사방팔방으로 포위되신 것입니다. 하지만 이 모든 가족분들의 한결같은 마음속 외침은 단 하나랍니다. "내 마음 쫌 알아줘!"… 기왕에 짊어질 십자가라면 쿨~하게 지고 '메가 패스'처럼 다~ 받아주기를 바랍니다. 단, 자신만의 '힐링타임'을 잠깐이라도 만들어 재충전하는 것도 잊지 말기를 바랍니다. 내가 먼저 충전이 되어야 마음에도 여유가 생기는 것입니다.

마음-SOS 그동안 잘 자라 주었던 아이가 갑자기 반항적으로 변하여 적응하기 힘이 들어요.

지금 아이의 마음은 학교와 부모님의 통제, 친구들로 인한 스트레스로 인하여 긴장, 불안, 분노, 초조, 조급함, 우울함, 억울함 등의 감정들이 복합적으로 동반되어 있는 상태입니다. 다만, 부모님 앞에서는 내색을 안 하는 것이지요. 아이에게 자주 "네 감정상태가 어떻니?", "담담해요", "아니, 아까 말고 지금의 감정상태는 어떻니?"라고 자주 물어주세요. 감정이라는 것은 수용될 때에 다른 감정으로 전환이 쉽게 되기 때문입니다. 아울러 아이는 자신의 감정과 마음상태를 표현하면서 스스로 정리할 수 있는 계기를 가질 수 있을 것입니다. 공감과 대화만이 아이를 향해 불어닥치는 엄청난 태풍을 잔잔한 호수로 바꿀 수 있답니다.

마음SOS 도대체가 가족들끼리 모이면 TV보는 것 외에는 할 것이 없는데요?

예전에 '해피투게더'라는 방송에서 '쟁반노래방'이라는 코너가 생각이 나네요. 여러 사람이 양반다리를 하고 앉아서 동요를 한 소절씩 나누어서 부르다가 가사를 틀리면 위에서 쟁반이 내려오는 것으로 기억이 됩니다. 과자와 사탕을 밀가루로 잔뜩 덮은 쟁반을 한복판에 두고 온 가족이 옹기종기 둘러앉아서 동요나 건전가요를 나누어 부릅니다. 아이가 유아인 집에서는 사탕 대신에 귤을 까서 밀가루와 버무려도 좋을 것입니다. 노래가사가 틀린 사람은 손을 사용하지 않고 쟁반의 과자나 사탕을 얼굴로만 먹습니다. 이

때, 밀가루로 범벅이 된 얼굴을 사진으로 찍어서 가족카페에 올려 주는 센스는 필수랍니다. 어른들이 근엄할수록 가정에는 엄숙함이 묻어나고, 부모님이 망가질수록 가정에는 웃음꽃이 피어난답니다. 지금은 조선시대가 아니랍니다.

마음SOS 남들이 부러워 할만 것들을 갖추었는데 왜 행복하지 않을까요?

가진 것과 반비례하여 마음이 허하기 때문입니다. 인간은 육체와 영혼으로 구성되어 있기 때문에 육체의 욕망만을 충족시킨다고 결코 행복할 수 없는 존재랍니다. 영혼의 갈급함을 채우기 위하여 건전한 종교를 갖기를 추천합니다. 맞는 종교가 없다면, '사랑실천'을 통하여 선한 영향력을 끼침으로 아름다운 세상을 만들기 위하여 봉사의 삶을 살기를 기원합니다. 누군가를 행복하게 할 때, 비로소 자신도 행복할 수 있답니다. 남은 인생, '누군가를 북돋아주는 생애'를 만들어 가기를 바랍니다.

"우주에 나오니까 좋은 점이 무엇이지요?"
맷 코왈스키 役 조지 클루니님

"'고요함'입니다."
라이언 스톤 役 산드라 블록님 (출처_영화 '그래비티' 대사에서)

마음
연수원

: 수행편

혹독한
훈련

수민이는 리조트 주차장에 있는 버스에 올라탔다. 다행히 어젯밤은 빡빡한 일정 덕분에 잠을 푹 잘 수 있었다. 자리에 앉으니 버스 TV에서는 올해 프로배구 챔피언인 OK저축은행 팀과 일본의 우승팀인 JT선더스팀의 지난 4월 장충체육관에서 열렸던 경기가 녹화중계되고 있었다.

평소에도 배구를 즐겨보거나 직접 경기장에 가서 관람을 하는 수민이에게는 반가운 프로그램이었다. 1세트는 20:25로 아쉽게 지고 말았다. 2세트 중간의 작전타임에서 OK저축은행의 김세진 감독님이 선수들에게 "얼굴에 배구공 맞는다고 죽냐? 아무것도 아니야!"라고 격려하는 장면이 인상적이었다. 결국 2세트는 25:18로 이겼다.

3세트는 듀스까지 가는 접전 끝에 JT선더스가 27:29로 이겨서 세트 스코어 1:2가 되었다.

하지만, 외국인 용병선수인 시몬을 비롯하여 송명근, 이민규, 강영준, 김규민, 송희채, 곽명우 ,박원빈, 김천재 선수 등이 힘을 합쳐서 4세트(25:16), 5세트(15:13)을 연달아 이기며 경기에서 3:2로 승리를 하였다. 선수들이 챔피언리그 우승때보다 오히려 더 기뻐하는 모습이 TV를 통하여 생생하게 전달되었다. 무엇보다도 인상적이었던 것은 안산이 연고지인 OK저축은행팀의 응원을 위하여 수백 명의 사람들이 팀의 노랑색 응원복을 입고 열심히 응원하는 모습이었다.

수민이는 누군가를 응원한다는 것은 응원 받는 사람과 응원하는 사람 모두에게 신나고 행복한 일임에 틀림없다고 생각하였다.

가끔씩 인터넷 배구동호회에서 경기 결과를 검색하고 댓글도 달며 관심을 가지는 수민이는 인터넷 용어에도 이제는 친숙해졌다. 인터넷상에서 주로 사용되는 배구용어를 정리하면,

· **셧아웃 승** 한 세트도 내주지 않고 3대 0으로 승리

· **옥저** OK저축은행 팀(남), 삼화 : 삼성화재 팀(남), 현건 : 현대
  건설 팀(여)

· **갓연경, 연경신** 터키 페네르바체의 김연경 선수

· **꽃미남** KB손해보험팀의 김요한 선수, 현대캐피탈 팀의 문성
  민 선수 등

· **김존잘** IBK기업은행팀(여)의 김희진 선수

· **삼각편대** IBK기업은행팀(여)의 데스티니, 김희진, 박정아 선수

· **문스타, 서브퀸** 한국도로공사팀(여)의 문정원 선수

· **시몬스터** OK저축은행팀(남)의 로버트랜디 시몬 아티 선수

· **외국인 MVP(2014~2015시즌)** 니콜 포셋(한국도로공사), 레오 마르
  티네즈(삼성화재)

· **트라이 아웃** 기존의 구단별 자유계약방식에서 탈피하여 리그
  를 희망하는 외국인 선수들을 한 경기장에 모아 연습경기로
  실력을 평가한 후에, 구단에서 공개적으로 모집하는 방식(여자
  부 : 2015~2016년부터 적용, 남자부 : 2016~2017년부터 적용 예정)

등으로 풀이할 수 있다.

수민이가 들고 있던 신문기사에는 마침 대한배구협회에서 2015 제18회 아시아여자배구선수권대회 및 2015 월드리그 국제남자배구대회에 참가할 남녀대표팀 엔트리 명단이 나와 있었다.

IBK기업은행팀의 이정철 감독님이 이끄는 여자대표팀은 이소영, 나현정, 배유나(이상 GS칼텍스), 김혜진, 이재영, 김수민이, 조송화(이상 흥국생명), 이효희, 문정원(이상 도로공사), 김희진, 남지연, 박정아, 채선아, 김유리(이상 IBK기업은행), 한수민이, 백목화(이상 KGC인삼공사), 염혜선, 양효진(이상 현대건설), 김연경(페네르바체) 선수 등의 19명이었다.

문용관 감독님이 이끄는 남자대표팀은 송명근, 이민규, 송희채, 김규민(이상 OK저축은행), 신영수, 곽승석(이상 대한항공), 김광국, 박상하, 최홍석, 정민수, 김정환, 박진우(이상 우리카드), 신영석(국군체육부대), 김요한, 부용찬, 하현용(이상 KB손해보험), 이선규, 류윤식,

지태환, 유광우(이상 삼성화재), 최민호, 문성민(이상 현대캐피탈), 전
광인, 서재덕, 오재성(이상 한국전력) 선수 등의 25명이었다.

프로선수가 되는 것도 치열한 경쟁을 뚫고 뽑혀야 하는 힘든
관문인데, 국가대표로 발탁된 44명은 그야말로 바늘구멍을 통
과한 것이라고 생각하였다.

프로세계의 특징은 모든 것이 세분화되어 등수가 매겨진다
는 것이다. 배구에서도 서브, 리시브, 블로킹, 속공, 공격력, 백
어택 등 공격과 수비 모든 부문에서 순위가 매겨진다. 이러한
결과들은 결국 자신의 몸값과 직결된다.

수민이는 배구뿐 아니라, 이 세상 모든 것이 '혹독한 훈련'을
거쳐 '자신과의 싸움'에서 승리해야만 비로소 값진 보상을 얻
을 수 있다는 평범한 진리를 깨달을 수 있었다.

이윽고 버스는 마지막 도착지인 마음연수원의 정문에 들어
섰다. 마음연수원의 한켠에는 국내 프로배구 여자팀의 훈련장
이 있었다. 시즌이 아니었지만, 열심히 훈련에 임하는 선수들의

함성소리가 밖으로 새어나왔다.

수민이는 평소의 체력훈련과 특화된 배구연습을 조합한 혹독한 훈련이 선수들을 일류선수로 다시 태어나게 하듯이, 우리의 평범한 인생들도 꾸준한 노력과 도전으로 얼마든지 자신의 삶을 나름의 일류로 올려 놓을 수 있을 것이라고 생각하였다.

수민이는 자신에게 나지막하게 속삭였다.

"그래, 나는 내 인생의 프로다!"

마음대강당 : 풀이편

　수민이는 곧바로 마음연수원의 대강당으로 올라갔다. 대강당 안에는 접이식 의자 수백 개가 줄을 지어 놓여져 있었다. 천정에는 대형 전등이 수십 개 달려 있었고 그 옆으로 걸개그림이 밑으로 내려져 있었다. 걸개그림에는 좋은 글귀나 아름다운 풍경들이 그려져 있었다. 강당의 무대 앞쪽에 있는 걸개천에는 아래의 낱말풀이가 적혀 있었다.

마음클릭1 : 초심
피아노는 바이엘, 태권도는 태극 1장 시절의 순수함을 잃지 않는…
'빨주노초파남보' 무지개 세상의 어디에 있든지, 첫 색깔인 '빨강'을 기억하는…

마음클릭2 : 국선도
이제야 살 것 같은…

마음클릭 3 : 종교

건물이 높으면, 그림자도 길게 늘어서 있는…

마음클릭 4 : 자살

조상님과 남겨진 가족에게 돌아올 수 없는 다리를 건너는…

'개똥밭에 굴러도 저승보다는 이승이 낫다'라는 속담을 전혀 깨

닫지 못하는…

마음클릭 5 : 위기

일단, 최악의 상황을 피하고, 차선책을 모색하는…

마음클릭 6 : 현대인

현재에 결코 만족하지 못하는…

마네킹 : 겉은 매끈하지만, 속에 영혼이 없는…

마음클릭7 : 사심

마음 연못에서 텃세를 부리며 온갖 흙탕물을 일으키는 미꾸라지
같은…

마음클릭8 : 죄

거머리처럼 달라붙어서 여간해서는 떨어지지 않는 끈질긴 생명
력을 지닌…

마음클릭9 : 고수

강약을 자유자재로 조절할 수 있는…

마음클릭10 : 초월

그러거나 말거나, 그러든지 말든지 전혀 개의치 않는…

마음회의실 : 코디편

　수민이는 강당을 나와서 화장실을 다녀온 후에 학교의 교실처럼 촘촘히 자리잡은 각각의 회의실로 갔다. 회의실마다 아크릴 판으로 새겨진 마음코디 글귀들이 익숙하게 눈에 들어왔다. 자연스럽게 수민이는 휴대폰으로 실생활에서 많은 유익을 가져다 줄 것으로 예상되는 글귀들을 촬영을 하였다. 휴대폰 갤러리를 이용하여 읽어 본 글들은 아래와 같았다.

마음코디 1 : 생활수행生活修行

· 묵묵히…

· 맑고 밝은…

· 흐름이 끊기지 않는…

· '알량한 자존심'을 내리는…

· 고통을 무심하게 견뎌내는…

· 하늘의 때를 기다릴 줄 아는…

· 몸과 마음을 닦는 도구일 뿐…

· 〈수〉모와 〈행〉패를 견뎌내는…

· 어차피 평생할 것이라고 여유를 가지는…

· 하늘과 땅과 자신의 기운을 단전에 모으는…

· 열심히 정진한 만큼, 딱 그만큼만 성장하는…

· 남들이 모두 불평, 원망할 경우에도 감사할 수 있는…

· Shift : 악업을 선업으로, 악연을 선연으로 변환시키는…

· 내리고 비움이 없이는 한 발짝도 앞으로 나아갈 수 없는…

· 창고정리 : 잡동사니의 감정, 마음들을 질서정연하게 정돈하는…

· 설국열차 : 단계를 밟아감에 따라서 다양한 차원의 경지를 체
  험하는…

마음코디 2 : 깨달음

· '참나'와의 만남…

· 그렇게 한 세대는 가고…

· '영적 세계'에 눈을 뜨는…

· 새에게는 계단이 필요 없는…

· 나무가 아니라 숲을 볼 줄 아는…

· 방긋 웃는 '돌부처'가 되라는 메시지…

· 희노애락喜怒哀樂에 아랑곳하지 않는…

· 자신을 내세우지 않고, 허상에 집착하지 않는…

· '하늘의 뜻'을 시시각각, 실시간으로 감지하는…

· 그러거나 말거나, 그러든지 말든지 개의치 않는…

· 어려운 관문 몇 개를 통과해야 비로소 다가오는…

· 어느 날 문득, 갈 길이 보이니 더 이상 방황하지 않는…

· '평범한 삶'이 가장 아름다운 인생이라는 사실을 인식하는…

· 번뇌하는 자신이 '진짜 자아'가 아니고 '가짜 자아'임을 꿰뚫
  어 보는…

· '깨달음'보다 더 중요한 것이 '깨달음 이후의 삶'이라는 것을
  깨닫는…

마음코디3 : 투철한 '신고' 정신

· 신 : 자신에게 신중하고

· 고 : 이웃에게 고마워하는

마음코디4 : '욕망'

· 달달한~

· 중독성이 강한…

· 속에서 끊임없이 꿈틀거리는…

· 목에 잔뜩 힘을 주게 만드는…

· 어찌할 수 없이 빠져들게 만드는…

· 멀쩡했던 사람도 눈빛이 달라지는…

· 대부분 '오판誤判'으로 인하여 뒤끝이 안좋은…

· 한줌도 안되는 것에 끊임없이 마음이 휘둘리는…

· 무기징역 : 자신의 '프레임'속에 평생을 간혀 사는…

· 늪 : 한 번 발을 내딛는 순간 도저히 헤어나올 수 없는…

· 수도꼭지 : 물을 최대한 틀면 다 튀어서 옷까지 젖고 마는…

· 선풍기 1단 : 3단의 바람을 쐰 사람은 1단 바람이 밋밋하게만
  느껴지는…

마음코디 5 : '생활수행' 패턴Pattern

· 나(가짜 자아, 저급한 욕망, 눈 먼 탐심 등)를 내려놓거나 비우기…

· 내려놓거나 비운 마음을 가지고 지금의 자리에서 감사와 기쁨
  이 충만하게 살아가기…

· 자신이 체험한 감사와 기쁨을 이웃과 공유하며 실천하기…

마음명상관 : SOS편

　수민이는 회의실을 나와서 2층의 가장자리에 마련된 명상관의 문을 열었다.

　명상관 안에는 국선도에서 제작한 행공CD에서 대금연주가 은은하게 울려 퍼지고 있었다. 순간 차분해지는 마음을 느낄 수가 있었다.

　'마음매니저'라는 명찰을 목에 건 한 분이 가부좌를 한 상태에서 수민이를 온화한 미소로 맞이해 주셨다. 수민이도 바닥에 반가부좌 흉내를 내어 앉은 후에 궁금한 이것, 저것을 여쭈어 보았다. 상담내용을 요약하면 아래와 같다.

　마음SOS 살다 보면, 유독 저를 구박하는 사람이 있어요.

　얼마나 힘이 드세요? '하도급'처방전을 드립니다. '하'는 그분이 괴롭히는 것은 '하늘의 섭리'입니다. 즉, 결코 우연한 일이 아닙니다. '도'는 그 사람은 '도구일 뿐'입니다. 마음을 수행하고 인격을 수양하게 만들려고 하늘에서 내려보낸 도구에 불과합니다. 그분은 하늘에 명에 따라 구박하는 자신이 역할을 그저 충실히 수행하는 것입니다. '급'은 '급(클라스)'이 다르게 대응을 해야 한다는 것입니다.

혈기를 못참고 같이 싸운다면 '도찐개찐' 똑같은 급이 되고 맙니다. 관점을 디자인하여 상황에 맞게 '섬김(비굴이 아니고)', '그러든지 말든지(개의치 않음)' 등의 전략을 적절하게 활용하여 자신의 의식차원을 한 차원 높이는 '계기'로 삼기를 바랍니다.

꼭 기억하십시오! 그분에게 원수를 갚는다면, 당장은 통쾌할지 모르지만, 악업의 악순환 수레바퀴에서 헤어나오지 못합니다. 도저히 참기 힘든 모욕의 경우에는 마음에 담아 두지 말고 부부나 친한 벗에게 털어놓고 '힐링'의 시간을 갖기를 바랍니다.

또한 그분과 대화할 경우가 생긴다면, '평상심'의 세 글자를 잊지 마십시오! '평상심'을 잃는 순간 이미 승부는 끝난 것이기 때문입니다.

마음SOS 사람들이 깨달음, 깨달음 하는데, 깨달음의 경지가 궁금해요.

깨달음의 경지를 한 마디로 말하자면, '영화를 두 번째(재방송) 보는 경지'라고 설명할 수 있답니다. 영화를 처음 볼 경우에는 갑자기 다가오는 주인공의 불행과 고통에 괴로워하면서 발을 동동 구르면서 손에 땀을 쥐면서 봅니다. 하지만, 아무리 스릴과 서스펜스가 뛰어난 영화의 경우에도 두 번째 영화를 볼 때에는 각각의 장면들을 훨씬 더 담담하고 초월하면서 감상할 수 있습니다. 이미 줄거리의 구성과 결말을 알기 때문입니다. 깨달음의 경지도 마찬가지입니다. 인생에서 마주치는 어려움들도 어떻게 흘러가며 결론이 어떤 식으로 날 것을 감지할 수 있습니다. 나아가 사후 영적세계까지 내다보는 경지에 이르게 된답니다.

마음SOS 우리나라는 사회적 갈등이 왜 이렇게 심할까요?

자신의 입장밖에 모르는 사람들로 넘쳐나기 때문입니다. 만약에 지금 비난하고 있는 상대방의 지역에서 태어나 자라왔다고 상상해 보세요. 어쩌면 지금과는 전혀 다른 가치관을 가지고 있겠지요. 예를 들어, 중동지방에서 태어났다고 가정해 보세요. 아마 대부분 사람들의 종교는 '이슬람교'를 믿고 있겠지요. 자신만이 '선善'이고, 상대방은 '악惡'이라는 생각은 극단적인 대결을 불러 옵니다. 좌우의 이념대립 역시 한발씩만 물러서면 '화합'도 불가능한 것이 아니랍니다.

마음SOS 저도 수도의 고수님들처럼 열심히 수행하여 최고 경지에 이르고 싶어요.

언제, 어디서든지 '평상심'을 유지하거나, 혹시 잠시라도 마음이 흔들린다 해도, 곧바로 마음이 '원위치'되는 상태가 수행의 높은 경지라고 할 수 있겠지요. 이러한 경지는 육신을 입은 인간에게 결코 쉽지 않답니다. 왜냐하면 외부에서 끊임없이 자극이 오기 때문이지요. 결국 누구라도 수행은 평생하는 것이랍니다. 따라서 깨달음의 기쁨보다 과정에서의 즐거움을 맛보는 것이 조금 더 지혜롭게 수행의 길에 다가서는 것이랍니다.

마음SOS 저에게 행복은 밤에 잠을 원 없이 자는 것인데, 불면증이 있어요.

밥은 빵이나 라면으로 대체가 가능하지만, 잠은 그 어떤 것으로도 대신할 수 없습니다. 그만큼 잠이 중요하다는 것이겠지요. 개인적인 경험담을 중심으로 설명하고자 합니다. 먼저, 국선도 도장에 나가서 수련하기를 추천합니다. 국선도 단전호흡에는 '행공'이라는 동작을 하면서 호흡을 명상하는데 깊은 수면을 취하는 데 탁월한 효과가 있습니다. 도장에 나가는 것이 여의치 않다면 '엠씨스퀘어'라는 아이들 집중력을 기르는 기기를 활용하여도 좋았던 것 같습니다. 아울러 총각시절에 영어문장만 계속해서 나오는 테이프를 카세트에 넣고 잠자리에 들면 뇌가 나른하여 잠을 푹~ 잘 수 있었던 경험이 있습니다. 자신만의 익숙한 수면방법을 얼른 찾아서 남은 인생 행복하게 살기를 기원합니다.

마음SOS 수행을 하면서 가장 주안점을 둬야 할 것으로는 무엇이 있는지요?

당연히 '하늘의 뜻'을 항상 살펴야 합니다. 하늘의 뜻은 크게 세 가지입니다. 첫째는 더 이상 욕심내지 말고 빈 마음으로 수행하라!, 둘째는 지금 마주대하는 일과 사람을 욕망의 도구로 삼지 말고 순수하게 도움을 주는 기회로 삼아라!!, 셋째는 때가 되면 길이 열리니 미리 조급하게 안달복달 하지 말아라!!!로 요약할 수 있습니다.

마음SOS 수행에 도움을 받을 수 있는 실질적인 방안이 있는지요?

스마트폰에서 당장 활용 가능한 두 가지를 추천하고자 합니다. 먼저, 매일 법륜스님의 메시지를 받아 볼 수 있는 '희망편지' 앱을 이용하시면 좋을 것 같습니다. 실생활과 관련된 다양한 깨우침의 메시지를 받아서 마음에 새기며 적용할 수 있습니다. 다음으로는 카카오톡에서 '친구 찾기'를 통하여 'FEBC극동방송'과 플러스 친구를 하신 후에 오른쪽 아래의 노랑색으로 된 사람이 헤드폰을 쓴 모양을 클릭하면 '오늘의 말씀'이 창에 뜹니다. 다시 한 번 '오늘의 말씀'을 클릭하면 날마다 성서말씀이 한구절씩 새롭게 제공됩니다. 틈이 날 때마다 화면의 말씀을 음미한다면 영적성장을 하는 데 커다란 도움이 될 것입니다.

마음·SOS 하늘에 정성껏 기도를 올리면 어떤 효과가 있는지 궁금해요.
VIP가 위급한 상황을 맞으면 수십 명의 경호원들이 VIP를 안보
이게 에워싸 버립니다. 기도의 효과 역시 마찬가지입니다. 인생
의 엄청난 폭풍우가 몰아닥칠 때, 하늘에서는 대규모의 중무장
한 천군천사들을 파병하여 독자님을 에워싸 버린답니다. 결과적
으로 폭풍우가 제풀에 지쳐 나가떨어지는 효과가 있답니다. 또
다른 예를 들면, 냉장고 속에서 아무리 발버둥 쳐도 추위로부터
탈출할 수 없습니다. 외부의 강력한 에너지에 의하여 문이 열려
야 비로소 탈출할 수 있습니다. 기도는 하늘의 강력한 에너지를
동원할 수 있게 결재를 올리는 행위입니다. 허무맹랑한 이야기
가 아니라, 경험하지 않으면, 결코 알 수 없는 신비로운 영적세
계가 분명히 존재한답니다.

마음단련실 : 특강4편

생활수행이 해답!

수민이는 한결 차분해진 마음으로 명상관을 나와서 1층 마음단련실로 내려갔다. 단련실에는 이미 이번 행사에 참여한 사람들이 모여 특강을 기다리고 있었다.

어느새 마지막 특강이었다. 잠시 후에, 나이가 지긋하게 보이는 마음연수원장님이 작은 휴대용 마이크를 들고 나타나셨다. 아래의 내용은 연수원장님의 '생활수행이 해답!'이라는 강연 내용이다.

어제부터 오늘까지 힘든 일정에 몸이 고단하시지요?

잠깐, 두 손을 깍지 껴고 뒤집은 다음에 앞으로 내밀어 보겠습니다. 하나, 둘, 셋, 넷 ~ 다섯, 여섯, 일곱, 여덟! 자, 이제는 깍지를 껸 채로 손을 머리 위로 올리고 좌우로 쭉쭉 뻗어 보십시오. 마지막으로 그 상태에서 팔과 머리를 뒤로 최대한 펼치

길 원합니다. 약간의 스트레칭으로도 우리 몸은 기분전환을 할
수 있습니다.

저는 이 마음연수원의 원장 장준혁이라고 합니다. 이번 시간
에는 '생활수행'에 대하여 말씀드리고자 합니다. 여기저기에서
수행단체가 많이 생겨나는 것은 바람직한 일이지만, 저는 개인
적으로 수행 중의 최고 수행은 바로 '생활수행'이라고 생각합
니다. 말이 생소하겠지만, 차근차근 '생활수행'에 대하여 살펴
보기로 하겠습니다.

먼저, 생활수행의 기초는 '자세와 표정'입니다. 척추를 꼿꼿
하게, 반듯하게 세우며 올바르게 자세를 취하시는 것이 수행의
기초입니다. 또한, 밝고, 온화한 표정이 중요합니다. 표정은 '사
찰의 일주문'과 같은 역할을 하기 때문에 의식적으로 계속 따
뜻한 표정과 눈빛을 갖도록 노력하시는 것이 필요합니다.

생활수행의 기본은 사실 '걷기'입니다. 제가 주장하는 것은
'무무걷기'입니다. 괴로운 일을 당하거나 선택의 중요한 순간이

다가올 때에는 '무조건, 무턱대로 걷기'가 최고입니다. 걸으면서 기도를 해도 좋고, 차분하게 이런저런 생각에 빠지는 것도 좋습니다.

이왕이면 버스나 전철을 타고 약간 움직이더라도 숲, 공원, 수목원 등을 걷는 것이 좋습니다. 같은 '걷기'이지만, 출근길과 산책길은 분명하게 다르기 때문입니다. 저는 매일 퇴근 후에, 집근처의 야산에서 '숲산책'을 30분가량 합니다.

산책을 하다 보면, 안타까운 점이 숲을 걸으면서도 계속하여 스마트폰을 보는 사람이 많다는 것입니다. 스마트폰은 다른 곳에서 얼마든지 하고 숲에 와서는 온갖 푸르름의 시각과 새들의 지저귀는 청각을 마음껏 만끽하며 감상하시는 것이 중요합니다.

또한, 생활수행의 방법으로 '호흡명상'을 추천하고자 합니다. 배꼽 밑에서 숨을 들이마시면서 '따뜻한 미소'라고 마음속으로 되뇌입니다. 다시 숨을 내쉬면서 '경청과 존중~'이라고 읊조립니다.

여기에서 주의할 점은 호흡을 길게 하려고 억지로 힘을 주는

것은 역효과가 납니다. 평상시 호흡처럼 평안하게 하십시오.

　운전하는 경우에는 신호대기 중이거나 차들이 정체되었을 경우에 하셔도 좋습니다. 조금 더 호흡명상에 대하여 '체계적인 수행'을 하고자 하는 분들에게는 '국선도'를 추천하고자 합니다.

　박근혜 대통령님, 권양숙 여사님, 민주화의 산 증인이신 박형규 목사님 등이 즐겨 수행하시는 도법입니다. 국선도는 어떠한 영적인 대상을 섬기지 않고 요가처럼 동작과 호흡으로 구성되어 있기 때문에 종교와는 무관한 수련단체입니다.

　국선도에는 행공(중기, 건곤, 원기단법 등)수련이 있습니다. 이 행공수련을 하다 보면 혈기, 응어리, 조급증, 스트레스 등이 대부분 봄눈 녹듯이 해소되며 몸과 마음에 힘과 여유가 생기는 것을 체감할 수 있습니다. 특히 불면증으로 고생하시거나 짧은 시간이라도 깊고 개운하게 잠을 자고 싶은 분들에게는 특효약 같은 수행법입니다.

　말씀을 드리고 보니 무슨 약장수 같네요(일동 웃음). 인터넷에서 '세계국선도연맹', '국선도연맹', '국선도무예협회' 등을 검색하여 집이나 직장에서 가장 가까운 도장(수련시간, 1시간 20분 내외)에 나가서 몇 개월만 배우시면 평생 집에서도 수행할 수 있을 것입니다.

또한, 수행의 길에 들어서고자 하는 분은 '수진선도원'의 곽종인 대사님께서 지으신 '도를 닦는다는 것(정신세계사)'을 읽으면 많은 도움을 받을 수 있을 것입니다.

이번에는 생활수행의 척도에 대하여 말씀드리고자 합니다. 자신의 수행이 올바르게 가고 있는가? 궁금하신 분들을 위하여 두 가지 시금석을 제시하고자 합니다.

첫째로는 '고마움'입니다. 처음에 일정 시간 계획을 세워 하던 수행이 '수행의 맛'을 알게 되면서 더 이상 규칙적으로 시간을 배치하는 것이 의미가 없어집니다. 왜냐하면 시도 때도 없이 수행을 하게 되기 때문입니다. 계속하여 수행을 하다 보면 스물스물 고마워하는 마음이 피어오르게 됩니다.

마치, 공부하는 학생이 '이렇게 공부할 수 있게 아낌없이 후원해 주시는 부모님, 선생님께 감사하구나.'라는 마음이 들면 굳이 "공부해라, 마라" 잔소리를 할 필요가 없는 경지에 이른 것과 같은 이치입니다. 자신을 수행의 길로 인도하신 하늘과 주변에 감사할 수 있다면 이미 수행의 본궤도에 진입한 것입니다. 왜냐하면 '감사하는 마음'은 수행 전반에 유익함을 주며 흐르는 대동맥 같은 역할을 하기 때문입니다.

두 번째로는 '너그러움'입니다. 고마운 마음을 주변과 이웃을 따뜻하게 품어 주는 너그러운 사람으로 거듭나는 것입니다. 매사를 '여유롭고 품격 있게' 대할 수 있습니다. '이런 일도 있고, 저런 일도 있으며, 이런 사람도 있고, 저런 사람도 있겠거니~' 하면서 인생사를 관조할 수 있습니다.

너그러운 사람이 되려면 먼저 자신을 객관적으로 바라볼 수가 있어야 합니다.

자신을 '객관화'하려면 마치, 손오공이 머리카락을 뽑아 수많은 분신을 만들듯이 자신의 분신을 있다고 생각한 후에, 그 분신이 자신의 눈높이 보다 1M 상공 위에서 자신을 쳐다본다는 상상을 하십시오. 이해가 잘 안 되시면 꿈을 생각하시면 됩니다. 꿈에서는 자신이 또 다른 자기 자신을 바라봅니다. 자신을 객관적으로 바라볼 수 있어야, 감정과 시류에 휩쓸리지 않고 본모습을 관찰하며 너그럽게 상대를 대할 수가 있습니다. 그렇지 않으면, 자신이 기분 좋은 상태에서만 너그러운 감정의 노예가 되기 때문입니다.

수행의 경지에 대하여는 기본적으로 수행을 하는 경우와 안 하는 경우가 같은 마음이어야 합니다.

예를 들어, 호흡명상을 할 때에는 고요한 마음을 유지하다가 돌아서면서 세속의 풍파에 마음이 휩쓸려 좌고우면한다면 아직 걸어갈 수행의 길이 멀다는 증거입니다.

수행의 여러 바람직한 경지 중에서 몇 가지를 소개하자면,

① 수행자는 말이 거의 없습니다. 말하는 즐거움보다 듣는 기쁨이 더 크다는 것을 깨달았기 때문입니다.

② 수행자는 자신을 내세우지 않습니다. 자신을 내세우는 것이
결국 부질없다는 것을 깨달았기 때문입니다.

③ 수행자는 허상에 집착하지 않습니다. 세상의 모든 일이 헛되
고 헛됨을 깨달았기 때문입니다.

제가 즐겨 행하고 있는 생활수행 방법을 소개합니다.

→ 무슨 일을 하든지(당하든지) 감사하는 마음으로,

→ 누구를 만나든지 따뜻하게 품어주는 마음으로 대하는 것
입니다.

이 경지에 이르면 먼저 불행한 일은 '운명적 필요'에 의하여
자신에게 다가온 것이며, 자기를 괴롭히는 상대방은 그저 자신
의 역할에 충실한 것뿐이라는 깨달음을 얻습니다.

수행 실천의 최고봉은 역시 죽음입니다. 자신에게 죽음이 다
가온다고 해도, 그동안의 삶에 대하여 충분히 감사할 줄 알며,
엄혹한 현실조차도 기꺼이 품어줄 수 있는 경지입니다.

결국, 자아를 넘어서야 비로소 다다를 수 있는 경지입니다.

향후 이러한 수행 실행여부를 매일 달력의 날짜 위에 상, 중, 하로 평가하여 상은 ○, 중은 △, 하는 ×로 표시하는 것이 좋습니다. 수행을 한답시고 바스락거리는 소리에도 예민하게 반응하며 자신의 수행법만이 최고라는 독선과 아집에 사로잡혀 주변에 신경질을 부린다면 그의 수행은 결국 부질없는 시간낭비이며 수행을 흉내 낸 것에 불과합니다.

수행에 대하여 노파심으로 몇 가지 더 말씀드리겠습니다. 혹시라도, 수행을 하고자 산을 들어가거나 다니시는 직장을 그만두는 것은 지양하는 것이 좋을 것 같습니다. 지금은 산속보다는 조용한 실내, 집 주변의 공원이나 산책로의 벤치에서 허리를 꼿꼿하게 세우고 눈을 지긋이 감으며 15분 정도라도 명상을 하는 '생활수행의 시대'이기 때문입니다.

또 하나는, 수행의 목표는 '건강하고 행복한 삶' 정도가 무난합니다. 수행을 한답시고 무슨 초능력이나 신통력을 추구하다 보면, 대부분 삿된 것에 마음이 휩쓸리기가 쉽기 때문입니다. 우리 주변에 얼마나 많은 사이비 집단이 존재하는지는 굳이 말

씀을 안 드려도 눈에 보이실 것입니다.

아울러, 세상에 공짜가 없듯이, 수행에도 요행은 바라지 않는 것이 좋습니다. 시간을 낸 만큼, 고요한 마음으로 명상을 한 만큼 우리의 의식은 진일보할 것이기 때문입니다.

다음으로는 실생활에서 음미하며 도움을 받을 수 있는 '달콤한 마음수행 성경구절, 31'을 소개하고자 합니다.

어린 시절에 가을운동회가 끝나고 어머니께서 사주신 달콤한 아이스크림을 입에 물고 집으로 향했던 아련한 추억이 간혹 떠오릅니다.

인생을 살다 보면, 본의 아니게 어려운 일들과 마주대하게 됩니다. 허허벌판에 홀로 살을 에이는 듯한 시련을 상대하게 될 경우에 대비하여 매일 한 구절씩 음미하며 힘을 얻을 수 있는 '달콤한 마음수행 성경구절, 31'입니다. 매월 날짜에 해당되는 구절을 읽으시고 묵상하시면 고난의 터널을 지내는 동안 힘과 도움이 될 것입니다.

[달콤한 마음수행 성경구절, 31]

1일 네 양 떼의 형편을 부지런히 살피며 네 소 떼에 마음을 두라.

잠언 27장 23절

2일 경건은 범사에 유익하니 금생과 내생에 약속이 있느니라.

디모데전서 4장 8절

3일 노하기를 더디 하는 자는 용사보다 낫고 자기 마음을 다스리는 자는 성을 빼앗는 자보다 나으니라.   잠언 16장 32절

4일 우리가 선을 행하되 낙심하지 말지니 피곤하지 아니하면 때가 이르매 거두리라.   갈라디아서 6장 9절

5일 여간 채소를 먹으며 서로 사랑하는 것이 살진 소를 먹으며 서로 미워하는 것보다 나으니라.   잠언 15장 17절

6일 마음을 강하게 하고 담대히 하라 두려워 말며 놀라지 말라
네가 어디로 가든지 네 하나님 여호와가 너와 함께 하느니
라 하시니라.   여호수아 1장 9절

7일 완전히 행하는 자가 의인이라 그 후손에게 복이 있느니라.
                                                          잠언 20장 7절

8일 너는 내일 일을 자랑하지 말라 하루 동안에 무슨 일이 날
는지 네가 알 수 없음이니라.   잠언 27장 1절

9일 아무 일에든지 다툼이나 허영으로 하지 말고 오직 겸손한
마음으로 각각 자기보다 남을 낮게 여기고. 빌립보서 2장 3절

10일 네가 언어에 조급한 사람을 보느냐 그보다 미련한 자에게
오히려 바랄 것이 있느니라.   잠언 29장 20절

11일 형제들아 기뻐하라 온전케 되며 위로를 받으며 마음을 같이하며 평안할지어다. 　　　　　　고린도후서 13장 11절

12일 구하는 이마다 얻을 것이요 찾는 이가 찾을 것이요 두드리는 이에게 열릴 것이니라. 　　　　　　마태복음 7장 8절

13일 삼가 누가 누구에게든지 악으로 악을 갚지 말게 하고 오직 피차 대하든지 모든 사람을 대하든지 항상 선을 좇으라. 　　　　　　데살로니가전서 5장 15절

14일 현재의 고난은 장차 우리에게 나타날 영광과 족히 비교할 수 없도다. 　　　　　　로마서 8장 18절

15일 사랑하는 자들아 나그네와 행인 같은 너희에게 권하노니 영혼을 거스려 싸우는 육체의 정욕을 제어하라. 　　　　　　베드로전서 2장 11절

16일 노하기를 더디 하는 자는 크게 명철하여도 마음이 조급한
자는 어리석음을 나타내느니라.   잠언 14장 29절

17일 부자 되기에 애쓰지 말고 네 사사로운 지혜를 버릴지어다 네
가 어찌 허무한 것에 주목하겠느냐 정녕히 재물은 날개를 내
어 하늘에 나는 독수리처럼 날아가리라.   잠언 23장 4·5절

18일 너희는 스스로 조심하라 그렇지 않으면 방탕함과 술취함과
생활의 염려로 마음이 둔하여지고 뜻밖에 그날이 덫과 같이
너희에게 임하리라.   누가복음 21장 34절

19일 내가 진실로 너희에게 이르노니 한 알의 밀이 땅에 떨어져
죽지 아니하면 한 알 그대로 있고 죽으면 많은 열매를 맺
느니라.   요한복음 12장 24절

20일 내 계명은 곧 '내가 너희를 사랑한 것같이 너희도 서로 사

랑하라' 하는 이것이니라.　　　　　　요한복음 15장 12절

21일 무릇 지킬 만한 것보다 더욱 네 마음을 지키라 생명의 근

원이 이에서 남이니라.　　　　　　　　잠언 4장 23절

22일 너희는 이 세대를 본받지 말고 오직 마음을 새롭게 함으로

변화를 받아 하나님의 선하시고 기뻐하시고 온전하신 뜻

이 무엇인지 분별하도록 하라.　　　　　로마서 12장 2절

23일 아무것도 염려하지 말고 오직 모든 일에 기도와 간구로 너

희 구할 것을 감사함으로 하나님께 아뢰라 그리하면 모든

지각에 뛰어난 하나님의 평강이 그리스도 예수 안에서 너

희 마음과 생각을 지키시리라.　　　　빌립보서 4장 6·7절

24일 사람이 감당할 시험밖에는 너희에게 당한 것이 없나니 오

직 하나님은 미쁘사 너희가 감당치 못할 시험 당함을 허락
지 아니하시고 시험 당할 즈음에 또한 피할 길을 내사 너
희로 능히 감당하게 하시느니라. 　　　　　　고린도전서 10장 13절

25일 사랑은 오래 참고 사랑은 온유하며 투기하는 자가 되지 아
니하며 사랑은 자랑하지 아니하며 교만하지 아니하며.

　　　　　　　　　　　　　　　　　　　　　고린도전서 13장 4절

26일 음행과 온갖 더러운 것과 탐욕은 너희 중에서 그 이름이라
도 부르지 말라 이는 성도의 마땅한 바니라. 에베소서 5장 3절

27일 무슨 일을 하든지 마음을 다하여 주께 하듯 하고 사람에게
하듯 하지 말라. 　　　　　　　　　　　　　　골로새서 3장 23절

28일 빛의 열매는 모든 착함과 의로움과 진실함에 있느니라.

　　　　　　　　　　　　　　　　　　　　　　에베소서 5장 9절

29일 종말로 형제들아 무엇에든지 참되며 무엇에든지 경건하며
무엇에든지 옳으며 무엇에든지 정결하며 무엇에든지 사랑
할 만하며 무엇에든지 칭찬할 만하며 무슨 덕이 있든지 무
슨 기림이 있든지 이것들을 생각하라.　　　빌립보서 4장 8절

30일 하나님 아버지 앞에서 정결하고 더러움이 없는 경건은 곧
고아와 과부를 그 환난 중에 돌아보고 또 자기를 지켜 세
속에 물들지 아니하는 이것이니라.　　　야고보서 1장 27절

31일 사랑하는 자여 네 영혼이 잘 됨같이 네가 범사에 잘 되고
강건하기를 내가 간구하노라.　　　요한삼서 1장 2절

　지금까지 매월 1일에서 31일까지 실생활에서 활용할 수 있
는 '달콤한 마음수행 성경구절, 31'에 대하여 소개해 드렸습니
다. 알고만 있는 것보다 구절들을 되새기면서 마음의 평화를
유지하는 도구로 적용하는 것이 더 중요하답니다.

(개그콘서트의 일식집 여사장님처럼, 앞으로 팔짱을 끼고 고개를 내려뜨리며)
"의지가 약해서~"라고 변명하지 말기를 바랍니다.(다같이 하하하)

어린 시절, 성적표의 '수, 우, 미, 양, 가'처럼 잘 수행한 날(수, 우)과 보통인 날(미), 잘 못 지킨 날(양, 가) 등의 평어를 매일 달력이나 다이어리에 점검하면서 지킨다면 훌륭한 마음수행법이 될 수 있을 것입니다.

굳이 생활수행과 마음수행 성경구절들을 두 단어로 줄이자고 한다면, (풍물놀이의 '소고'를 보여주며) '소중함&고마움'으로 표현할 수 있습니다. 왼손에는 금쪽 같은 생명, 시간, 일터에 대한 '소중함', 오른손에는 가족과 이웃에 대한 '고마움'을 마음에 잘 간직한다면 남은 생애를 훨씬 수월하게 살 수 있을 것입니다.

이 시간을 끝으로 어제부터 시작했던 네 번의 특강이 모두 끝났습니다. 긴 시간을 할애하여 특강을 경청해 주신 여러분께 감사를 드립니다. 부디 서울로 올라가는 길이 즐겁고 안전한 여행이 되기를 기도합니다. 감사합니다.(다같이 박수 짝짝짝짝)

칠판에 적힌 요약서 : 특강4편

생활수행이 해답!

생활수행이 해답!

1 생활수행의 기초는 자세와 표정입니다.

2 생활수행의 기본은 '무무걷기'입니다.

3 생활수행의 방법으로 '호흡명상'을 추천합니다.

4 생활수행의 척도는 고마움과 너그러움입니다.

5 생활수행의 경지로는 매사에 '감사함과 따뜻함'을 갖는 것입니다.

달콤한 마음수행 성경구절, 31

마음수행 성경구절들을 두 단어로 줄이면, '소중함&고마움'으로 표현할 수 있습니다.

　수민이는 어제와 다르게 다시 시작할 수 있다는 마음가짐으로 서울로 올라가려는 버스에 올라탔다. 자리에 앉자마자 이 행사를 주관한 마음여행사 대표님의 자필편지를 읽는 것으로 이번 여행의 퇴소식을 가름한다는 가이드의 안내가 있었다.

　버스 의자의 앞에 물건을 담기 위한 그물에는 생수 1병과 함께 편지봉투가 꽂혀 있었다.

마음퇴소식 Tip

마음여행사 대표님의 자필 편지

안녕하십니까? 마음여행사 대표 이영숙입니다. 먼저, 안전벨트를 착용하시고 평안한 마음으로 제 편지를 읽어 주시면 감사하겠습니다.

어제 밤의 특강3편의 '요일별 혁신전략'과 방금 전의 '마음수행 성경구절 31'은 산산조각난 여러분의 마음을 감싸고 꿰매기 위한 씨줄과 날줄입니다. 두 가지를 서로 조화시키면서 아름다운 수를 놓아간다면 남은 생애를 훨씬 알차고 보람되게 지낼 수 있을 것입니다.

다만, 요일별 혁신전략은 성경처럼 진리의 말씀이 아니고 그저 '예시자료'일 뿐입니다. 얼마든지 자신의 환경과 상황에 맞게 어구를 바꿀 수 있습니다.

또한, 요일별 혁신전략 중에서 마음에 와닿는 구절이 있다면 해당요일에 적용하는 것을 넘어서 '스페셜 주간'으로 선포하고 일주일간 연달아 실천할 수도 있습니다. 중요한 것은 어떤 식으로든지 마음에 새기고 되뇌이면서 한 가지라도 꾸준하게 수행한다면 이전보다는 더욱 적극적이고, 긍정적이며 생산적인 삶을 살아갈 수 있을 것입니다.

이어서 말씀드리고 싶은 것은 아무리 강조해도 지나치지 않을 '가족의 소중함'입니다.

예전에 결혼식에 가면, 새로운 출발을 하는 부부를 축하해주는 분위기가 많았는데, 요즘은 하객으로 참석하신 연세 드신 분들을 보면 모두가 '의미심장한 눈빛'을 신랑과 신부에게 보냅니다. 그 눈빛을 굳이 말로 풀이하자면, '어디한 번 살아봐라!, 결혼과 인생이 만만한가?' 이것은 축하의자리가 아니고, 마치 KBS '체험 삶의 현장' 방송의 출정식을 보는 것 같습니다.(하하하)

양파껍질을 한 겹 벗기면 하얀 속살이 드러나듯이, 어느가정이라도 한 겹만 벗기면 아픔과 상처가 드러나는 것이당연하답니다. 우리는 부족한 지체들이기 때문이지요. 그럼에도 불구하고 평소의 제 생각을 말씀드리고자 합니다.

행복한 가정이 되기 위해서는 먼저 '말을 가려서 해야 합니다.' 아예 말을 안하면 속으로 곪거나 병이 듭니다. 말을 하긴 하되, 상대방이 이왕이면 기분 좋게 또는 덜 기분 나쁘게 말을 가려서 하는 것이 중요합니다. 칭찬도 적당히 섞어 가면서 조심스럽게 말을 꺼내야 합니다. 쉽게 말해서 같은 말을 해도 좋게 해야 합니다!

두 번째로는 누구든지 자신의 잘못이나 약점을 지적할 경우에는 변명하거나 억지논리로 대응하지 말고 아예, 쿨~하게 인정해 버리는 것이 중요합니다.

특히, 부부간에 말싸움이 감정싸움으로 번지는 경우는 서로 자신의 논리만이 옳다고 주장하기 때문입니다. 아예 상대방의 말에 동의하면 오히려 상대방이 어안이 벙벙할 것입니다. 이 짜릿함을 즐기시기를 바랍니다. 싸울 일이 없답니다!

종합해 보면, 결국 행복한 가정을 이루기 위한 조건은 첫째도 말조심, 둘째도 말조심으로 귀결될 수밖에 없습니다.

성경에서도 요한복음 13장 1절을 살펴보면 '예수께서 자기가 세상을 떠나 아버지께로 돌아가실 때가 이른 줄 아시고 세상에 있는 자기 사람들을 사랑하시되 끝까지 사랑하시니라'의 구절이 나옵니다. 우리 역시 예수님처럼 고맙고 사랑하는 표현을 가까운 사람들에게 자주 해줘야 할 것 같습니다.

사춘기 자녀들에게는 가정에 대한 소속감과 신뢰감을 키워 주는 것이 좋습니다. 이왕이면, 김밥을 싸서 돗자리를 가지고 등산이나 산책을 하면서 자주 가족끼리 둘러 앉아 자연을 만끽하며 가정과 인생의 소중함 등의 많은 대화를 나누는 것(주의점 : 많은 돈을 쓰려고 하지 마세요~ 돈보다 중요한 것이 서로의 '래포Rapport')이 좋습니다.

추워서 야외활동이 여의치 않다면, 아이들을 화려한 곳, 값비싼 곳에 자주 데려가는 것보다 집에서라도 뽕망치를 가지고 '끝말잇기' 게임 등의 즐거운 놀이를 함께 하여 서로 터치하며 안아주는 기회를 많이 갖는 것이 중요합니다.

아이들의 특별한 기념일에는 온 가족이 둘러 앉아 커다란 쟁반에 밀가루를 풀고 양손으로 뒷짐을 지고 얼굴로만 밀가루 속에 맛있는 젤리나 사탕을 찾아먹는 깜짝 이벤트를 열어도 좋습니다. 얼굴에 잔뜩 밀가루가 묻은 상태로 온 가족이 휴대폰으로 사진을 찍는 다면 '소중한 추억의 기록'이 되겠지요.

근엄한 부모님이 자신들을 행복하게 하기 위하여 기꺼이 망가지는 모습을 볼 때마다 아이들은 가정에의 소속감과 신뢰감을 신장시킬 수 있을 것입니다.

가족나들이 코스로 추천을 한다면, 경기도 안산시 화랑유원지의 경기도 미술관 옆에 위치(수도권 전철 4호선 초지역에서 도보 가능)한 '세월호 참사 정부 합동분양소'에 가서 추모를 하며 인생에 대한 여러 대화를 이어가는 것도 자녀교육에 좋은 본보기가 될 것입니다.

마지막으로 한 번 더 강조드리고 싶은 것은 인생을 살아가면서 왼손에는 특강3편의 '요일별 혁신전략', 오른손에는 특강4편의 '달콤한 마음수행 성경구절, 31'을 자신의 상황에 맞게 변환시킨 다음에 인격을 수양하는 마음가짐으로 세상과 마주대한다면 지금보다는 조금 더 '평상심'을 유지하면서 남은 인생을 영위할 수 있을 것입니다.

혁신전략이나 성경구절이 외우기 힘들면 휴대폰 사진으로 내용을 찍어두었다가 생각날 경우에 사진을 검색하여 그때마다 활용하면 마음이 한결 여유롭고 행복해질 것입니다.

약간 눈시울을 붉히시는 고객(독자)님이 계셔서 저까지 눈물이 날려고 하네요. 인연이 닿는다면, 향후에 어디서라도 만날 기회가 있을 것입니다. 이렇게 여러분을 만나서 반가웠습니다.

　이제부터 남은 생은 '덤으로 사는 인생'이라고 여기면서 한순간도 허투루 인생을 소비하지 말고 매순간을 가치와 보람이 있는 삶을 살기를 기원합니다.

　향후 여러분의 인생은 마음을 어디에 두고 살아가느냐에 따라서 판가름이 날 것이기 때문입니다.

　아무쪼록, 이번 여행을 통하여 흔들리고 쓰러지던 마음이 여유와 안정을 찾고 쉼을 얻는 일에 조금이나마 도움이 되었기를 기도합니다. 감사합니다!

　　　　　　　　　　　　마음여행사 대표 이영숙 올림

수민이는 버스 창가의 커튼을 열고 햇살이 비치는 창밖 풍경을 바라보았다.

눈물이 났다.

하지만, 어제와는 차원이 다른 눈물이었다.

불과 1박2일만에 다시 태어난 듯한 기분이었다.

'그래, 지금부터 '딱 1년만' 다시 군대에 입대하는 정신 상태로 새롭게 시작하자! 이제부터는 내가 세상을 두려워하지 않고, 세상이 나를 두려워하게 하리라!!, 기꺼이 맨 땅에 헤딩하는 마음무장으로 살리라!!!'

어금니를 꽉 물은 수민이는 더 이상 어제의 수민이가 아니었다. 그런 수민을 바라보는 박서연 가이드의 마음에도 어느덧 핑크빛 하트가 새록새록 피어오르고 있었다.

1박2일 마음테마여행

마음을
부탁해

초판 1쇄 발행 2015년 9월 11일

지은이 | 김세유

발행인 | 김청환
발행처 | 이너북

책임기획편집 | 이선이
편집 | 김지혜
디자인 | 파피루스

등록 | 제 313-2004-000100호
주소 | 서울시 마포구 독막로 27길 17(신수동)
전화 | 02-323-9477
팩스 | 02-323-2074
E-mail | innerbook@naver.com
블로그 | http://blog.naver.com/innerbook
페이스북 | https://www.facebook.com/innerbook

ⓒ 김세유, 2015
ISBN 978-89-91486-82-9 03810